WIGETTA

Y LA FERIA FANTASMA

VEGETTA777   WILLYREX

WIGETTA

Y LA FERIA FANTASMA

,

Obra editada en colaboración con Editorial Planeta – España

© Ismael Municio, por el diseño de personajes,
ambientación, fondos y portada, 2017
© Pablo Velarde, por los bocetos y la creación de
personajes secundarios, 2017
Color: Alfredo Iglesias
Diseño de interiores: Rudesindo de la Fuente

© 2017, Willyrex
© 2017, Vegetta777
Redacción y versión final del texto: Víctor Manuel Martínez y Joaquín
Londáiz, 2017
© 2017, Editorial Planeta, S. A. – Barcelona, España
Ediciones Temas de Hoy, sello editorial de Editorial Planeta, S.A.

Derechos reservados

© 2017, Editorial Planeta Mexicana, S.A. de C.V.
Bajo el sello editorial TEMAS DE HOY M.R.
Avenida Presidente Masarik núm. 111, Piso 2
Colonia Polanco V Sección
Deleg. Miguel Hidalgo
C.P. 11560, Ciudad de México
www.planetadelibros.com.mx

Primera edición impresa en España: julio de 2017
ISBN: 978-84-9998-605-0

Primera edición impresa en México: julio de 2017
ISBN: 978-607-07-4209-5

Impreso en los talleres de Impresora y Editora Infagon, S.A. de C.V.
Escobilleria número 3, colonia Paseos de Churubusco, Ciudad de México.
Impreso en México – Printed in Mexico

ÍNDICE

UNA PRUEBA
DE ALTURA

La expectación se notaba en el ambiente. Todos los habitantes de **PUEBLO** estaban nerviosos y no hacían más que comentar la noticia. Si los rumores eran ciertos, la **GRAN FERIA DE LOS HORRORES DEL PROFESOR ERNESTO EL APUESTO** estaba a punto de instalarse allí. Se trataba de algo único. Todo el mundo había oído hablar de ella, pero nadie en Pueblo la había visto jamás. Los mayores, cansados de esperar durante toda la vida, seguían pensando que se trataba de una leyenda urbana. Los más jóvenes eran algo más optimistas y la consideraban un tesoro aún por descubrir. Pero nadie estaba tan alterado como **TROTUMAN** y **VAKYPANDY**. Llevaban varios días sin pegar ojo, hablando sin parar de la Gran Feria.

—Por lo que me han contado, ¡tienen el huevo de dragón más grande del mundo! —aseguró Trotuman, bastante exaltado—. ¿Te imaginas la criatura que puede salir de ahí?

—No será porque no hemos visto dragones en nuestras aventuras... —murmuró Vakypandy.

—Pero este es especial —insistió él—. ¡Lo guardan en una vitrina de cristal resistente a altas temperaturas, por lo que pueda pasar!

Vakypandy sacudió la cabeza.

—Yo he oído que tienen la sala de espejos más aterradora del mundo.

—¿Cómo va a dar miedo una sala de espejos? —preguntó Trotuman.

—Porque enseñan cosas que asustan —aclaró Vakypandy—. Algunos engordan y deforman, otros hacen ojos saltones...

—¡Verte a ti con los ojos saltones sí que tiene que ser aterrador!

Entre risas y bromas, las dos mascotas se terminaban acostando a las tantas de la madrugada. Tal vez por eso **WILLY** y **VEGETTA** habían optado por comprarse tapones para los oídos. Ellos también tenían muchas ganas de visitar la Gran Feria, pero eso no iba a hacer que llegase antes. Y, además, les encantaba dormir. Cada vez que vivían una aventura, terminaban agotados. Por eso, aprovechaban los días de tranquilidad para descansar y recuperar energías.

Aquella mañana de sábado Willy y Vegetta, con sus tapones bien ajustados, estaban sumidos en un profundo sueño en el que vivían una increíble aventura en un mundo de caramelos. Trotuman y Vakypandy dormían a pierna suelta. Como en los días anteriores, se habían acostado muy tarde. La emoción era aún mayor porque precisamente ese sábado por la tarde se inauguraría la famosa feria.

Hacía un buen rato que había amanecido en Pueblo. La gente aprovechaba la mañana para hacer todo tipo de recados, pues la tarde la tenían reservada para la inauguración. El sol brillaba con fuerza y se colaba por las ventanas de la casa donde Vegetta y Willy disfrutaban de sus dulces sueños.

De pronto, Willy sintió un golpe. ¿Desde cuándo las nubes de algodón de azúcar daban puñetazos de boxeador? ¿Acaso había sido un bastón de caramelo? Sintió cómo su cuerpo se movía violentamente, como si alguien estuviera sacudiéndole. No oía nada gracias a los tapones, pero los golpes eran tan reales que no tuvo más remedio que abrir uno de los ojos. Levantó el párpado lentamente y se encontró con un rostro de color verde a escasos centímetros de su cara. El grito que dio Willy hizo que los tapones de sus oídos saliesen despedidos como los corchos de las botellas de cava.

—¡Trotuman! ¡Me has dado un susto de muerte! —se quejó Willy, incorporándose ligeramente—. ¿Se puede saber qué te pasa?

La mascota señaló el reloj, pero Willy no comprendía nada.

—¡La Gran Horrores! ¡Profesor FERIA!

—gritó Trotuman a pleno pulmón—. ¡La Feria de los Apuestos Profesores! ¡Horrores del Horror!

—Calma, calma. No entiendo nada —dijo Willy, al tiempo que echaba un vistazo a la cama de Vegetta. Él aún dormía, pero por poco tiempo. Allí estaba Vakypandy, dispuesta a zarandearle.

—¡La Feria de los Apuestos! ¡Feria de los PROFESORES!

—exclamó Vakypandy. Al ver que Vegetta ni se inmutaba, tomó todo el aire que pudo y exclamó:

—¡¡¡Lagranferiadeloshorroresdelprofesorernestoelapuesto!!!

Vegetta pegó un brinco y, aún con los tapones y el antifaz puestos, se colocó en posición de combate.

—¡Quienquiera que seas, te advierto de que sé kung-fu!

—gritó, mientras hacía la postura de la grulla de cara a la pared. Se quitó el antifaz con un movimiento ágil y, al ver dónde estaba, se giró de un salto. Vakypandy, Trotuman y Willy le miraron.

—¿Qué pasa? —preguntó Vegetta, recuperando la compostura.

Con Willy aún tumbado sobre la cama, Trotuman y Vakypandy se abalanzaron sobre él. Le explicaron que era muy tarde. Tenían muchas cosas que hacer y, si no se daban prisa, llegarían tarde a la inauguración de la Gran Feria de los Horrores. ¡Y eso ni hablar!

Los amigos se pusieron en marcha de inmediato. Se asearon, dejaron en orden la casa, salieron a comprar unas cuantas cosas que hacían falta, hicieron una pausa para comer, regaron las plantas del jardín y, por fin, llegó la hora de ir a la Gran Feria.

Se había instalado en una explanada a las afueras y hacia allí se dirigían todos los habitantes de Pueblo, deseosos de ver la famosa colección de monstruos y horrores.

—A mí no me van a pillar —murmuraba Vakypandy—. He estudiado todos los espejos de Pueblo esta semana, así que reconoceré uno mágico si lo veo.

—¡Qué buena idea! —dijo Trotuman, con rabia de no haber pensado antes en eso.

Willy y Vegetta caminaban tranquilamente. No podían ir más rápido porque la multitud se lo impedía. Disfrutaron al ver a sus vecinos, especialmente a los niños, tan emocionados. Algunos hasta se habían disfrazado. Willy estaba a punto de decir algo, cuando vieron los letreros luminosos de la feria.

La explanada estaba repleta de carromatos, barracas y
atracciones que esperaban la llegada del público. La Gran Feria
de los Horrores del profesor Ernesto el Apuesto era tan real como
la vida misma. Willy y Vegetta atravesaron el arco de la entrada,
iluminado con algunas bombillas que parecían temblar de miedo.
También había una enorme araña con una tela gigante que
colgaba del rótulo de bienvenida.

Algunos carros parecían tener los cristales rotos, las ramas de los árboles se curvaban como si quisieran atraparte al pasar debajo de ellas y bandadas de murciélagos revoloteaban sobre las cabezas de los visitantes. Los amigos quedaron fascinados con la decoración del lugar. Cualquiera habría pensado que presentaba un aspecto decadente, pero lo cierto era que conseguía dar miedo. Sin duda, el ambiente de la feria justificaba su fama.

Vieron a lo lejos el Túnel del Terror, una de las atracciones más populares, y una noria cuyos asientos tenían forma de calaveras sonrientes. Los disfraces tan realistas de los empleados que atendían las barracas y los puestos llamaron su atención. Contemplaron un par de momias, varios zombis, un vampiro de lo más siniestro y un hombre tan peludo que debía de ser la personificación del hombre lobo.

Willy y Vegetta estaban tan pendientes de los detalles que se llevaron un buen susto cuando se encontraron de frente con un hombre muy guapo pero de aspecto lúgubre. Iba enfundado en una capa y llevaba un gran sombrero de copa. Su rostro perfecto era pálido y lucía una perilla bajo su afilada barbilla, parecía un modelo de alta costura.

—¡Bienvenidos, habitantes de Pueblo! ¡Pasad a la Gran Feria de los Horrores del profesor Ernesto el Apuesto!... ¿O quizá haríais bien en no entrar? —dijo al tiempo que estallaba en una carcajada terrorífica—. Caminad con cuidado y vigilad bien dónde ponéis los pies, no sea que os los dejéis atrás si echáis a correr.

—No sabes con quién estás hablando, guaperas —desafió Trotuman con tono bravucón.

—Con todo un valiente, por lo que veo —respondió el profesor Ernesto.

—No lo sabes tú bien.

—En ese caso, no olvides visitar el **TÚNEL DEL TERROR**, pero te recomiendo que lo dejes para el final. ¡Pocos pueden recuperarse de lo que les aguarda ahí dentro! Solo el recuerdo de las criaturas que allí se esconden podría hacer insoportable la idea de regresar a la feria o, incluso, obligarte a cambiar de ciudad.

El profesor Ernesto observó atentamente a Trotuman mientras se acariciaba la perilla.

—¡Pero no pensemos en eso ahora! —continuó—, las restantes atracciones y barracas también son increíbles. **¡Os reto a recorrerlas todas!**

Estas últimas palabras las dirigió a toda la gente que se había congregado a su alrededor.

—Haced una visita al **PERIGRIFO** —invitó con gesto teatral—. Esta criatura mitológica, mitad león y mitad periquito, era un simple mito de la antigüedad hasta que yo mismo encontré un ejemplar en lo más alto de una montaña nunca antes escalada.

—**¡OHHHHHHHHH!** —exclamó la gente.

—También podréis conocer vuestro futuro gracias a la **BRUJA PIRUJA XXV** —anunció el profesor, arrancando más gritos de admiración entre los presentes—. ¡La única descendiente conocida de la legendaria Bruja Piruja! Su lectura de cartas tiene una efectividad del 98% y su bola de cristal, del 99%. Pero los accidentes y calamidades que desvela su magia son terroríficos en el 100% de los casos. ¡Y no lo digo yo! Lo dice el **MOMÍGRAFO**, una máquina prodigiosa que determina sin fallo si alguien miente o dice la verdad. ¡E imprime los resultados en auténtico papiro!

—¡AHHHHHHHHH! —bramó la multitud sorprendida.

—Y, para los más atrevidos, acercaos a la barraca de los **GEMELOS DE HIERRO**, **los hombres más fuertes del mundo** y también coleccionistas de las más extrañas antigüedades —dijo el profesor, clavando nuevamente sus ojos en Trotuman—. ¡Podéis llevaros uno de sus magníficos tesoros si conseguís vencerlos en su desafiante prueba! Eso sí, debo advertiros de que, hasta el momento, nadie lo ha conseguido. **¡Aun así, os animo a intentarlo!**

—¿Habéis oído eso? —preguntó Trotuman.

—Claro que lo hemos oído —respondió Vakypandy—. ¡Hay que ir al Momígrafo!

—¡Sin duda! —añadió Vegetta—. Así averiguaremos si fue Willy quien se comió aquellas dos pizzas familiares la semana pasada.

—Chicos... —balbuceó Willy, sonrojado—. Os he dicho que no fui yo.

—¡Bip! ¡El Momígrafo dice que miente! —aseguró Vakypandy, con un tono de voz grave.

—¡Y luego le preguntaremos a la bruja cuándo volverá a atacar el devorador de pizzas! —insistió Vegetta, riendo a carcajadas.

—¿Qué decís? —protestó Trotuman, con rostro serio—. ¡Me refería a la barraca de los Gemelos de Hierro! **¡Hay que ir allí antes que a ningún otro sitio!**

—¿Por qué? —preguntó Willy—. ¿Desde cuándo te gustan las antigüedades?

—¡No es eso! El profesor ha dicho que nadie ha superado su prueba y ya sabéis cuánto me gustan los retos —reconoció Trotuman—. **¡Romperemos su racha!**

¡LA PALABRA «IMPOSIBLE» NO EXISTE PARA MÍ!

—Supongo que eres un optimista sin remedio —insinuó Vegetta—. Pero, por qué no, empecemos por ahí. Será divertido.

—Pero... ¿Y el Momígrafo? —protestó Vakypandy.

—Hay tiempo para todo, Vakypandy. Pero sabes que Trotuman no va a descansar hasta que ponga a prueba a esos gigantes.

—**¡Son gemelos!** —corrigió Trotuman, y con una sonrisa de oreja a oreja puso rumbo al carromato de los imbatibles Gemelos de Hierro.

El puesto recordaba a un pequeño vagón de tren reconvertido en barraca de feria. Era amplio pero, aun así, los Gemelos de Hierro parecían sardinas en lata. Aunque de cintura y piernas eran más bien estrechos, ¡sus espaldas eran enormes! Estaban limpiando con sumo cuidado unas antiguas vasijas.

Los dos vestían de igual manera, con unas camisetas de rayas y unos pantalones oscuros. Eran tan parecidos que la única forma de distinguirlos era fijándose en sus bigotes: uno tenía las puntas hacia arriba y el otro hacia abajo. Al verlos llegar, los recibieron con una sonrisa en la cara.

—**¡Bienvenidos!** —saludó Bigotín.

—**¿Vienen los señores a probar suerte con nuestro reto?** —preguntó Perillín.

—Venimos a **superar** el reto —matizó Trotuman, confiado.

—¡Ese es el espíritu que nos gusta! —replicaron los gemelos al unísono.

—¡Os aguardan fantásticos premios! —concluyó Bigotín, señalando a sus espaldas.

Entonces, se fijaron en todos los tesoros que aparecían expuestos sobre varias estanterías: un espejo de mano, un látigo de cuero, una urna con inscripciones arcanas... En uno de los lados podía leerse un cartel que decía «Quien rompe, paga». Los amigos estaban seguros de que nadie se atrevería a llevarles la contraria.

—Quien quiera hacerse con uno de estos maravillosos tesoros, deberá derrotarnos en un singular combate —dijo Bigotín, haciendo una larga pausa para crear expectación.

—Perfecto. Esto se pone interesante —murmuró Trotuman.

—Yo que tú no cantaría victoria tan rápidamente —le contestó Vakypandy—. ¿Y si el combate consiste en echarles un pulso? ¿Has visto qué brazos tienen?

—Bueno... nadie ha dicho que vaya a tratarse de un pulso.

—**¡Ejem**! —carraspeó Bigotín—. Ese combate tendrá lugar sobre... **¡el cable!**

Su hermano gemelo accionó una palanca y se encendieron unos potentes focos de luz que estaban colocados en la parte superior de la barraca. Al instante quedó iluminado un largo cable atado a dos altos postes, que se extendía sobre las cabezas de todos los presentes.

—Vencerá el que aguante más tiempo sobre él —sentenció Bigotín.

—**¡Es un desafío al alcance de muy pocos!** —puntualizó su gemelo—. Ganar parece fácil, **¡pero perder es todavía más fácil!**

—¿Eso es todo? —preguntó Trotuman—. ¿Solo tengo que tiraros a uno de vosotros?

—Eso es —respondió Perillín—. ¡Lo has pillado!

Trotuman miró a sus amigos, asintió y dio un paso al frente:

—Acepto el reto. ¡Está chupado!

Todos aplaudieron la valentía de Trotuman. Sabían que se había enfrentado a innumerables peligros y, aun así, estaba dispuesto a plantar cara a un hombre que le doblaba o triplicaba en tamaño. Los gemelos, por su parte, dieron saltos de emoción y echaron a suertes cuál de los dos participaría. Ganó Perillín, que, con una agilidad sorprendente, subió a la cuerda de un salto.

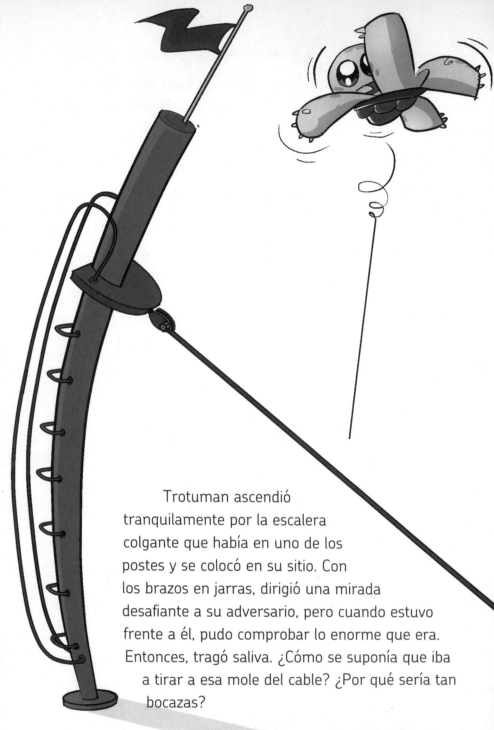

Trotuman ascendió tranquilamente por la escalera colgante que había en uno de los postes y se colocó en su sitio. Con los brazos en jarras, dirigió una mirada desafiante a su adversario, pero cuando estuvo frente a él, pudo comprobar lo enorme que era. Entonces, tragó saliva. ¿Cómo se suponía que iba a tirar a esa mole del cable? ¿Por qué sería tan bocazas?

—¡QUE EMPIECE EL RETO!

—exclamó Bigotín.

Trotuman dio un primer paso sobre el cable. Afortunadamente para él, su tamaño reducido favorecía que tuviese más equilibrio, aunque el hombretón tampoco se desenvolvía nada mal para lo grande que era. La mascota se disponía a dar su segundo paso cuando, de repente, Perillín hizo algo totalmente imprevisto: cogió impulso y dio un salto. Al ver que el gemelo caía con fuerza sobre el cable, Trotuman abrió los ojos como platos. Fue lo único que pudo hacer antes de salir disparado como un cohete hacia el cielo.

Vakypandy, Willy y Vegetta miraron preocupados a su amigo. Si al caer no conseguía sujetarse al cable, se daría un buen tortazo. Pero Vakypandy no estaba dispuesta a verle sufrir y, aprovechando que todo el mundo observaba el espectáculo, hizo que sus ojos chispeasen un instante y devolvió a Trotuman al cable, sano y salvo.

Perillín, que ya se veía ganador, se quedó helado al ver que su contrincante volvía a estar frente a él, como si tal cosa. Entonces, cogió más impulso y volvió a saltar sobre el cable con todas sus fuerzas. Por segunda vez, Trotuman despegó y, por segunda vez, logró aterrizar. El grandullón intentó deshacerse de él media docena de veces, pero no tuvo éxito. Vakypandy sonrió al ver su cara de desesperación.

Con tanto salto, Trotuman había quedado muy cerca del poste por el que había subido. A diferencia de todos los presentes, él sí sabía que Vakypandy le estaba ayudando con su magia. Por eso tuvo el atrevimiento de decir:

—**¿No sabes hacer nada más?** Porque nos podemos tirar toda la noche así...

Enfurecido, el gemelo se lanzó contra él. Si no lo lograba por las buenas, lo haría por las malas. Trotuman se quedó blanco al verle embestir como un toro bravo. No tenía sitio para escabullirse. Solo estaba el poste a sus espaldas, pero si huía despavorido, perdería el reto. Entonces tuvo una idea: justo en el instante en que la mole iba a impactar contra él, dio un salto con un doble mortal. El golpetazo del gemelo contra el poste se escuchó en toda la feria. A continuación, cayó inconsciente al suelo y Trotuman quedó solo sobre el cable. Todos los espectadores aplaudieron a rabiar.

Mientras aquel grandullón se recuperaba de la derrota, su gemelo se acercó a felicitar al vencedor.

—**¡Ha sido fantástico! ¡Enhorabuena!** —dijo Bigotín—. Eso sí, a mí no me ganarías tan fácilmente. ¿Quieres probar?

—Va a ser que no —contestó Trotuman—. Lo que sí quiero es mi premio.

—**¡Por supuesto! ¡Te lo has ganado!**

El gemelo cubrió los ojos de la mascota con una venda y lo colocó frente a las estanterías sobre las que descansaban los tesoros.

—Debes escoger uno.

Trotuman alzó la mano y escuchó varios gritos a sus espaldas.

—**¡A la derecha!**

QUIEN ROMPE PAGA

—¡Un poco más arriba!

—¡No, ese no! ¡A la izquierda!

Se encogió de hombros. ¿Qué más daba el premio? Fuera lo que fuese, no iba a cambiarle la vida. ¿O sí? Y con decisión, cogió un trofeo. Al quitarse la venda, descubrió que se trataba de un espejo de mano. No había que ser muy listo para ver que era antiguo. Su marco era de madera y estaba minuciosamente tallado, al igual que el mango.

—Fijaos —dijo Trotuman a sus amigos, examinando de cerca la pieza—. ¿Qué es esto?

El espejo tenía unas marcas grabadas. Algo así como unas runas o algún tipo de escritura.

—Puede que detrás de estos símbolos haya una increíble historia —aventuró Vegetta.

—Pero para eso habría que saber interpretarlos, ¿no te parece? —apuntó Willy—. ¡Has estado fantástico! ¿Qué te parece si lo celebramos con uno de esos helados terroríficamente deliciosos?

—Gracias, pero mejor voy a volver a casa.

—¿Estás seguro? ¡Aún nos queda mucho por ver! —insistió Vegetta.

—Sí, pero me gustaría echar un vistazo a estas inscripciones —respondió Trotuman—. Además, ¡quedan más días de feria!

—Bueno, como prefieras...

—Ah, Vakypandy... Muchas gracias por tu ayuda. Sin ti no lo habría conseguido.

—¿Significa eso que me dejarás usar ese espejo? —preguntó ella.

—¡Por supuesto! —prometió Trotuman antes de perderse entre la multitud.

EL ESPEJO MÁGICO

Willy, Vegetta y Vakypandy regresaron a casa emocionados. Vegetta aún saboreaba una piruleta gigante con forma de murciélago, mientras que Willy y Vakypandy compartían una enorme bolsa de palomitas sangrientas, regadas con un delicioso sirope de fresa. Hacía mucho tiempo que no lo pasaban tan bien. Había sido increíble ver Pueblo iluminado subidos en la noria de las calaveras.

—¡Qué pena que no te hayas quedado, Trotuman! —dijo Vegetta entrando por la puerta.

—Pero no te preocupes, mañana volveremos —aseguró Willy—. ¡Quiero repetir!

La casa estaba en silencio. ¿Acaso Trotuman se había ido a dormir? ¡Qué raro! Con las ganas que tenía de visitar la feria... Pero cosas más raras habían visto. ¿Le habría pasado algo?

—**¿Trotuman?** —llamaron de nuevo.

Extrañados, pasaron al salón. Allí le encontraron, sentado en el escritorio con el espejo en sus manos, observándolo detenidamente y tomando notas. Estaba tan concentrado que ni les había oído llegar.

—¡TROTUMAN!

La mascota dio un brinco y el espejo salió volando. Afortunadamente, Vegetta tuvo los reflejos suficientes para cazarlo al vuelo.

—Eso no ha tenido gracia —protestó—. ¿No sabéis llamar a la puerta, como todo el mundo?

—Nunca te había visto tan concentrado —comentó Vegetta entre risas.

—¿Has logrado descifrar algo? —preguntó Willy.

—La verdad es que no. He intentado estudiar los símbolos, los he reordenado para formar palabras o frases... Pero nada tiene sentido —se lamentó Trotuman.

—¿Te has parado a pensar que podría ser un simple espejo? —preguntó Vakypandy—. A mí no me parece nada del otro mundo.

—Puede que tengas razón —reconoció, frotándose los ojos—. Pero... ¿para qué tallar tantos símbolos?

—Tal vez no sean más que dibujos decorativos —apuntó Willy.

—No parecen hechos al azar —insistió Trotuman—. Si os fijáis bien, algunos se repiten y parecen ordenados de una manera concreta. Estoy convencido de que se trata de un mensaje secreto.

—Pues yo sigo pensando que es un espejo normal y corriente —objetó Vakypandy. Acto seguido, cogió el espejo de la mesa y se miró en él.

—**¡Ten cuidado! ¡Es delicado!** —advirtió Trotuman.

—Habíamos quedado en que me dejarías usarlo...

Vakypandy se vio reflejada en el cristal y sacó la lengua. Después hizo una mueca y fue poniendo caras más y más feas. De pronto, el espejo reaccionó emitiendo un fuerte destello.

—**¿Qué has hecho?** —preguntó alarmado Trotuman. Se lo arrebató y se miró en él imitando a su amiga, pero no ocurrió nada—. **¡Pon tu careto ahí otra vez!** —gruñó, devolviéndoselo.

—**¡Oye, un respeto!** —dijo ella con ironía—. Será un placer deleitaros con otro de mis bellos gestos.

Vakypandy miró fijamente el espejo e hizo una mueca, pero en esta ocasión no hubo reacción alguna. Probó con distintas caras, pero no recordaba cuál había provocado el destello en la superficie brillante. Desesperado, Trotuman se acercó y comenzó a hacer también todo tipo de gestos.

—¡EH, VOSOTROS!
¡VENID A AYUDARNOS!

—les pidieron a Willy y Vegetta.

Los cuatro amigos se juntaron, y estaban poniendo las caras más graciosas y disparatadas que podían cuando, por fin, el espejo emitió varios destellos seguidos. Fueron tan potentes que quedaron deslumbrados.

—**¡Eso es, chicos!** —exclamó Trotuman, completamente cegado—. **¡ESTE ES EL CAMINO!**

A pesar de lo entretenido que resultaba poner caras absurdas frente a un espejo, varias preguntas flotaban en el ambiente. ¿Por qué reaccionaba? ¿Acaso se trataba de un objeto mágico? En medio de aquella diversión, Trotuman propuso una particular competición.

—**¡Veamos quién es capaz de lograr que brille con más fuerza!**

¡EMPEZARÉ YO!

—No, tú ya has practicado demasiado —replicó Vakypandy—. Déjame un poco más a mí.

Las dos mascotas se enzarzaron en una discusión infantil por ver quién empezaba en primer lugar. En ese tira y afloja, el espejo salió disparado. En aquella ocasión, ni los reflejos de Vegetta ni la magia de Vakypandy consiguieron evitar que se estampase contra la pared. Al hacerlo, emitió un último destello cegador y se rompió en mil pedacitos.

Durante unos instantes, los amigos no pudieron ver nada y el silencio invadió la estancia. Tanto Vakypandy como Trotuman agacharon la cabeza, avergonzados. Ambos sabían que habían obrado mal. Por su cabezonería, se habían cargado el espejo. Al recuperar la visión, comprobaron el estropicio que habían causado: la alfombra estaba cubierta de cristales y el precioso marco antiguo se había roto en varios trozos. Fue entonces cuando se dieron cuenta de que había alguien más en el cuarto. Todos se quedaron mirándole boquiabiertos.

—¿Estáis viendo lo mismo que yo? —preguntó Willy, frotándose los ojos por si se trataba de alguna alucinación.

Una extraña aura envolvía al personaje. Iba vestido con un traje negro y llevaba una capa raída colgando de los hombros. Un sombrero de copa y una pajarita blanca completaban su vestimenta. Parecía un ser sacado de otro tiempo.

—**Ho-Hola** —saludó el recién llegado, ajustándose la pajarita.

—**¿Quién eres?** —preguntó Vegetta—. **¿Por dónde has entrado?**

El hombre se quitó el sombrero. Iba a hacer una ligera reverencia a modo de presentación, cuando los cuatro amigos se pusieron a la defensiva.

—**¡No temáis! ¡No voy a haceros daño!** Mi nombre es **FITO**, el célebre ilusionista —anunció—. Aunque, para ser exactos, digamos que ahora solo soy un fantasma.

—**¿FA... FANTASMA?** —repitieron los cuatro al unísono.

Aquello explicaba el extraño brillo que lo envolvía. Además, si aguzaban la vista, ¡podían ver a través de él! Trotuman intentó meterle el dedo en el oído, pero atravesó su cabeza como si fuese humo.

—**¿Cómo has llegado aquí?** —preguntó Willy.

—Por el espejo...

—**¿Eras tú quien andaba detrás de esos destellos?** —se interesó Vakypandy.

—¡Sí! Cuando vi a alguien haciendo el mono, pensé que con un poco de magia se asustaría y...

—Oye, un respeto —protestó Vakypandy, dándose por aludida.

—Oh, no te lo tomes a mal —se disculpó Fito—. Es evidente que no os acobardáis fácilmente, pero al final he conseguido mi objetivo: ser liberado.

—**¿Quieres decir que estabas prisionero ahí dentro?** —preguntó Willy.

—**¡Exacto!** Fui víctima de una maldición hace ya mucho tiempo. Es una historia larga de contar. Veo que es de noche y estaréis cansados, así que...

—**¡Alto ahí! ¡Alto ahí!** —dijo Trotuman—. Aparece un fantasma en nuestra casa en mitad de la noche, ¿y crees que vamos a irnos a dormir como si nada? Si piensas eso es que estás mal de la cabeza.

—Bueno, yo...

—**¡No te enrolles y ve al grano!** Estamos impacientes.

El mago se ajustó el sombrero, sacudió el polvo de la fantasmal capa que cubría su ropa y se dirigió al escritorio. Se apoyó en él y esperó a que todos tomaran asiento.

—Hace mucho tiempo, yo era un famoso ilusionista. Mis espectáculos eran conocidos en todo el mundo. Por supuesto, las ferias y circos en los que actuaba aumentaban su popularidad... y caían en desgracia cuando prescindían de mí.

—No me digas más —le interrumpió Vakypandy—. El propietario de una de esas ferias se enfadó y...

—...¿Y lo encerró en un espejo de mano? —concluyó Trotuman con tono burlón—. Anda, Vakypandy, no alucines y déjale continuar.

—La verdad es que tu amiga no anda desencaminada —reconoció Fito—. A pesar de que no me iba mal y ganaba lo suficiente para vivir, me pudo la codicia. Cuando mi fama se extendió, empezaron a llamarme aristócratas y ricos empresarios. Entonces surgió la oportunidad... Todas mis actuaciones seguían un mismo patrón: primero, hacía unos cuantos trucos que captaban la atención del público, y después, en el truco final, aprovechando que estaban embobados, les robaba sus joyas y sus carteras llenas de dinero.

—**¡Eras un vulgar ladrón!** —exclamó Vakypandy.

—Bueno, lo de «vulgar» podríamos dejarlo a un lado —le corrigió Fito—. Tenía mucha clase. De hecho, conseguí amasar una pequeña fortuna.

—**HASTA QUE TE PILLARON** —apuntó Willy—. Porque está claro que lo hicieron.

Fito suspiró.

—Efectivamente. Tras realizar mi espectáculo, siempre abandonaba la ciudad sin que nadie sospechara de mí. Pero un día... —se interrumpió adoptando una pose dramática—. ¡Ah, qué fatal día! Celebraba una actuación no muy lejos de aquí, en una increíble mansión propiedad de una mujer muy rica. Había invitado a doce amigos muy especiales para la ocasión. El espectáculo transcurrió sin problemas hasta que... ¡Cometí un grave error! La dueña de la mansión llevaba un precioso colgante de rubíes y diamantes. Mis bolsillos estaban a rebosar, pero aquella joya tenía que ser mía. Estaba a punto de cogerla, cuando sentí un cosquilleo en la punta de mis dedos que se extendió rápidamente a todo mi cuerpo. ¡Me dejó petrificado!

—Sí, eso suele pasar cuando te pillan con las manos en la masa —comentó Trotuman.

—¡NO!
¡ESA MUJER ME PARALIZÓ!

Por increíble que parezca, era una poderosa hechicera. Comprendí que me había tendido una trampa. Su collar no había sido más que un potente reclamo —explicó Fito—. Me mostró un espejo de mano y me dijo: «¿Ves esto? Es la cara de un ladrón». Ella sabía la verdad y estaba dispuesta a acabar conmigo. Por eso me lanzó un hechizo fatal, apresándome en el interior de este objeto que teníais en vuestras manos y del que me habéis liberado.

—¿Acaso los símbolos hablaban de ti? —preguntó rápidamente Trotuman.

Fito asintió.

—En realidad, explicaban que, si alguien rompía el espejo, quedaría liberada una criatura horrible. Quizá por eso he permanecido prisionero tanto tiempo...

—O porque no había nadie capaz de interpretarlos —gruñó Trotuman.

—Bueno, creo que aprendiste la lección —dijo Vegetta.

—Sé que obré mal y que mis actos merecían un castigo —reconoció el ilusionista—, lo malo es que su hechizo tenía una segunda parte: a mi muerte, me convertiría en un fantasma atrapado en este mundo. No podré descansar en paz hasta que realice una buena acción.

—**¿Solo una?** —preguntó Vakypandy.

—Eso es —respondió el fantasma—. Una buena acción bastará para librarme de esta condena eterna.

—Te ayudaremos —aseguró Willy con decisión—. De hecho, se me ocurre ya algo que podrías hacer.

—¿En serio? **¡Estoy dispuesto a lo que sea!**

—Pues ayúdanos a limpiar los restos del espejo roto.

—¡Buena idea! ¡Qué suerte he tenido de encontraros! —celebró Fito.

Muy animado, quiso tomar en sus manos la escoba y el recogedor que le tendía Vegetta. Sin embargo, al intentar agarrarlos, sus manos los traspasaron. Su falta de práctica hacía que sujetar cualquier cosa le resultara tremendamente difícil.

—Vaya, parece que esto no va a poder ser —apuntó Vegetta—. ¿Qué otras cosas sabes hacer?

—Sé hacer trucos de cartas, ilusionismo, robar carteras...

—No sé si eso te ayudará a dejar de ser un fantasma —comentó Willy—. ¿Se os ocurre algo, chicos?

—Quizá en la Gran Feria de los Horrores del profesor Ernesto el Apuesto pueda hacer feliz a alguien —sugirió Trotuman.

—¡ESO PODRÍA FUNCIONAR! —exclamaron Willy y Vegetta.

—Será estupendo volver a poner los pies en una feria —reconoció Fito—. ¡No sabéis cómo lo echo de menos!

Estaba decidido, al día siguiente volverían a la feria. Sin embargo, todos coincidieron en que debía ser el propio Fito quien realizase la buena acción sin ayuda alguna. No convenía forzar la situación.

EL TÚNEL
DEL TERROR

Aquella mañana, a Willy y Vegetta les resultó un poco difícil despertarse, pues se habían acostado tarde. Por las ventanas se colaban ya los rayos de sol y se oía un alegre tarareo por la casa. Sin duda, serían Vakypandy y Trotuman, que estarían nerviosos por volver a la feria.

—Ya vamos, ya vamos —murmuró Vegetta—. Ya habéis conseguido despertarnos.

—¿Qué tal has dormido? —preguntó Willy a su compañero, emitiendo un sonoro bostezo.

—Regular —reconoció Vegetta—. Tenía la sensación de que alguien me observaba.

—Yo me he levantado un par de veces para comprobar si habíamos cerrado las ventanas —comentó Willy—. Notaba una corriente de aire, como si me soplaran en el oído.

—Ahora que lo dices, a mí también me ha pasado.

Willy se incorporó un poco en la cama y vio a Vakypandy y Trotuman durmiendo plácidamente. Si ellos dormían, ¿quién estaba cantando?

—¡HOLA!

Los amigos pegaron un brinco. La figura de Fito había atravesado la cama de Willy y había hecho que los dos saltasen asustados.

—¡ATRÁS! —gritó Vegetta, intentando sacudir al fantasma con su almohada.

—¡EH, QUE SOY YO! —se quejó el ilusionista—. ¿No os acordáis de mí?

—¡Vaya susto nos has dado! —protestó Willy.

—¿Llevas mucho tiempo despierto? —preguntó Vegetta.

—¿Despierto? ¡Ja! ¡Llevo años despierto! Los fantasmas no dormimos...

Vegetta frunció el ceño.

—Así que no has dormido nada de nada.

—Ni un poquitín.

—Ya veo... Y por casualidad no te habrás dedicado a soplarnos en el oído durante la noche, ¿verdad?

—¡Qué va! ¡Qué ocurrencias tienes!

Vegetta iba a decir algo, cuando se levantaron Vakypandy y Trotuman. El ruido de la conversación los había despertado. Se alegraron al ver a Fito porque aquello significaba que les esperaba un fantástico día en la Gran Feria de los Horrores. Con las ganas que tenían de ir, estuvieron listos en un santiamén. Y Willy y Vegetta, también. Si mientras ellos dormían Fito iba a dedicarse a soplarles en el oído, a hacerles cosquillas en las plantas de los pies o a cualquier otro disparate, cuanto antes hiciera esa buena obra, mejor para todos.

Ya había movimiento en la feria cuando llegaron. Al ser domingo, los habitantes de Pueblo habían madrugado para disfrutar de sus atracciones y recorrer sus barracas. Encontraron a los hermanos Peluardo y Herruardo frente a la jaula del Perigrifo. Era una criatura pequeña, pero muy poderosa, que permanecía encerrada por seguridad. También vieron a Ray interesándose por el funcionamiento del Lanzallamas, la atracción dirigida por el Hombre de Agua. Willy y Vegetta distinguieron una plataforma a la que accedían los participantes. Allí, había que golpear con un mazo un resorte que activaba una portentosa lengua de fuego. Si uno le daba suficientemente fuerte, las llamas alcanzaban las brochetas de manzana que había en la parte superior. Por supuesto, el premio era una deliciosa ración de manzanas asadas. Vakypandy y Trotuman no dudaron en participar para ganarse el desayuno.

Cuando Trotuman pasó delante de la barraca de los Gemelos de Hierro, la pareja se apresuró a saludarle:

—¿Otra vez por aquí? —preguntó Bigotín—. ¿Quieres la revancha?

—No, gracias.

—**¿Tienes miedo?** Venga, es muy sencillo. Si pierdes, nos devuelves el espejo. Y si ganas, te llevas otro premio. ¡Ya nos has derrotado una vez!

—Gracias, pero con una vez tengo suficiente.

—En ese caso, ten cuidado, no vayas a romper el espejo —advirtió Perillín—. **¡Si lo haces, te esperan siete años de mala suerte!**

Fito, que había oído a los gemelos, se acercó al grupo.

—¿Acaso eran ellos quienes tenían mi espejo?

—Pues sí —afirmó Vakypandy—. No me extraña que hayas pasado tanto tiempo prisionero, porque la prueba que proponen no es nada fácil.

—Quizá alguien debería darles una buena lección —propuso Fito.

—Creo que ayer ya recibieron su merecido —dijo Trotuman.

Willy y Vegetta estaban a pocos metros de allí. Se quedaron de piedra al ver que Fito se había colocado tras los gemelos. Con mucho esfuerzo, se las arregló para sujetar una vasija china y se la incrustó a Bigotín en la cabeza, mientras su hermano salía corriendo a toda velocidad de la barraca al ver que un antiguo sable le apuntaba directamente a la nariz.

—¿Se puede saber en qué estás pensando?

—preguntó Vegetta, cuando Fito apareció sonriente, como si allí no hubiera pasado nada—. ¡Se supone que tienes que hacer una buena acción! Y eso ha sido de todo menos bueno.

—Pues ha habido gente que se ha reído... —se excusó Fito.

Y era cierto. Para los habitantes de Pueblo, el truco del fantasma no había pasado desapercibido. Aún se estaban preguntando qué había ocurrido con aquella vasija y cómo era posible hacer volar un sable.

—Oye, **¿solo podemos verte nosotros?** —preguntó Willy intrigado.

—Me temo que sí —asintió Fito—. Erais los únicos presentes cuando se rompió el hechizo. Mientras yo no desee lo contrario, solo vosotros tendréis esa posibilidad. Y creo que es mejor que sea así por el momento.

—Lo que faltaba —gruñó Vegetta—. Ahora todo el mundo nos tomará por locos cuando nos vean hablando solos. Y otra cosa..., **veo que no puedes coger una escoba, pero sí una espada...**

—¡Ah! Una noche practicando da para mucho.

Afortunadamente para todos, las carcajadas procedentes del Túnel del Terror desviaron su atención. No había mucha cola, por lo que decidieron que era un buen momento para visitarlo.

Un tipo encorvado y vestido con una sucia bata de científico esperaba a la entrada de la atracción. Sus gafas tenían los cristales más gruesos que habían visto nunca y llevaba el pelo tan revuelto que parecía no haberse peinado en un mes. Sujetaba bajo el brazo un fajo de papeles desordenados. Era la viva imagen de un científico chiflado.

—Disculpe, nos gustaría... —dijo Willy.

—**¡No robaréis mis investigaciones!** —gritó aquel hombre, apresurándose a esconder los papeles bajo su bata—. Ejem... Quería decir... ¡Bienvenidos al Túnel del Terror! ¿Estáis listos para realizar este viaje? **¡No todos consiguen volver!**

Mientras Vegetta compraba los billetes, Fito se acercó al científico chiflado y le pasó las manos por la cabeza. Sus pelos se erizaron como escarpias, haciendo que el científico se quedase paralizado.

—¿Qué es eso?
¿Qué le pasa a mi pelo?

—Ah, no te preocupes —comentó Vakypandy con desdén—. Es cosa del fantasma.

—¿Has dicho «fantasma»? ¿Dónde?

¡SOCORRO, ESTE LUGAR ESTÁ EMBRUJADO!

El científico chiflado abandonó la atracción, perdiendo los papeles por el camino. Vegetta dirigió una mirada enfadada a Fito y sacudió la cabeza.

Los amigos se adentraron en el Túnel del Terror. Accedieron a un pequeño andén en el que aguardaba un trenecito con vagones de cuatro personas. Se sentaron juntos, mientras que Fito optó por seguirlos de cerca.

—En mi época, seguro que hasta un fantasma podría haberse sentado en un vagón. Y en uno bueno, no en esta porquería —refunfuñó el mago, señalando el mal estado de conservación de los asientos.

El tren empezó a moverse lentamente por las vías. Dejó atrás un telón polvoriento de terciopelo rojo que daba la bienvenida a los visitantes, y accedieron al primer tramo del recorrido. Era el largo pasillo de una mansión encantada, con candelabros y cuadros siniestros colgados de las paredes. Una voz tétrica habló por los megáfonos:

—¡Bienvenidos a mi humilde morada!
—saludó la voz del profesor Ernesto—.

Permitidme que os enseñe mi mansión... y los horrores que la habit... bit... bit... tan!

La comunicación emitió un chisporroteo. Los pasajeros de los demás vagones comentaron el mal estado en el que se encontraba la atracción.

—**Contemplaréis las abominaciones más increíbles que existen en este planeta** —prosiguió la grabación—. **¡No tengo palabras para describirlas! Simplemente relajaos y disfrutad de las vistas...**

¡si es que el miedo no os impide abrir los ojos!

La música de un violín desafinado les produjo escalofríos. De pronto, un foco se iluminó y una enorme tarántula se descolgó del techo torpemente. Tenía una pata escayolada y no podía moverse con soltura. Al final, perdió el equilibrio, se enredó y el pobre animalito a punto estuvo de caerse, así que, avergonzado, se retiró cojeando.

Los visitantes se rieron a carcajadas del traspiés.

—¡Qué torpe! —exclamó Herruardo desde otro vagón—. ¡Más que miedo, da risa!

El tren siguió adelante. Al abandonar el pasillo, volvió a escucharse la voz de Ernesto.

—Si habéis sobrevivido al terrible ataque de la tarántula... tula... tula... Esperad a ver lo que viene a continuación.

La voz se perdió en la distancia mientras accedían a lo que parecía una sala de hospital. Una lámpara parpadeaba en el techo. Había varias camillas. Una de ellas estaba tapada con una cortina, algo se movía tras ella. Cuando pasaron por delante, la cortina se corrió de golpe y apareció un vampiro que se acercó al tren abriendo la boca para mostrar sus colmillos. Peluardo se lo encontró de frente. Sacudió las manos, se puso verde y se desmayó ante el hedor que salía de la boca del monstruo.

—¡Le canta el aliento! —exclamó Tabernardo, que iba detrás.

Los demás no tardaron en captar el mal olor. El vampiro, muy avergonzado, se tapó la boca con la capa.

—¡Menos ajos y más enjuague bucal! —gritó alguien.

—¡Pero si no puedo comer ajos! —protestó el vampiro, y se marchó llorando.

Todos se tranquilizaron y se rieron al ver que Peluardo se incorporaba, y el tren siguió su marcha.

Accedieron a una sala bastante oscura. A lo lejos se divisaba una gran ciudad iluminada por la luna llena. El tren se detuvo bruscamente y un aullido sonó en la distancia. Un foco dibujó la silueta de un enorme lobo que se rascaba el cuello. Willy y Vegetta se dieron cuenta de que iba vestido. En realidad, su ropa estaba hecha jirones. Fue entonces cuando entendieron que estaban ante el famoso hombre lobo. Su potente aullido pilló por sorpresa a Vakypandy, que reaccionó de manera inesperada: del susto emitió una onda mágica y lo lanzó contra el decorado.

—**¡LO SIENTO!** —gritó Vakypandy al darse cuenta de su error.

La marcha del tren se detuvo tras el estruendo que causó el golpetazo del hombre lobo. Entonces, apareció el vampiro corriendo para ayudar a su compañero.

—**Disculpen, ha habido un accidente. Por favor, salgan por la salida de emergencia** —avisó, indicándoles la dirección.

—**¡Qué asco! ¡Otra vez ese aliento!** —se quejó Herruardo tapándose la nariz—. **¡Escapemos!**

Mientras la gente abandonaba el Túnel del Terror, Willy, Vegetta y los demás se acercaron para ayudar al hombre lobo.

—**¿Qué ha pasado?** —preguntó el vampiro.

—Ha sido culpa mía —reconoció Vakypandy—. Me dio un susto y...

—Bueno, eso es todo un halago —dijo el hombre lobo, rascándose el cuello una vez más—. La mayoría solo se ríe.

—Sentimos todo lo ocurrido —se disculpó entonces Vegetta.

—No tiene importancia —contestó—. Esta feria es de chiste. **¡Deberíamos disculparnos nosotros por no dar miedo!**

—**Pero si sois terroríficos...** —replicó Willy—. Un vampiro y un hombre lobo. **¡SOIS MONSTRUOS!**

—Éramos auténticos monstruos —puntualizó el vampiro—. Pero ahora..., ya nos ves. Yo tengo un aliento horrible por culpa de las caries y él está lleno de pulgas. Por no hablar del pobre Tarantulino... ¡Trabajando con la pata escayolada, a su edad!

—¿Por qué actuáis en estas condiciones? —preguntó Vegetta—. Podríais iros...

—**¡Como si fuese fácil!** —se quejó el hombre lobo—. Ernesto nos tiene encerrados.

—¿A qué te refieres? —se interesó Vakypandy.

—Nos obliga a trabajar para él o, de lo contrario, dará parte al **CAZADOR** —explicó el vampiro. Al ver que todos fruncían el ceño, preguntó—: No sabéis quién es el Cazador, ¿verdad?

Ante la negativa del grupo, el hombre lobo tomó la palabra.

—Es un cazarrecompensas. Viaja por el mundo en busca de monstruos.

—**¿Eso existe?** —preguntó Trotuman.

—He visto sus carteles con mis propios ojos —aseguró el hombre lobo—. La gente le ofrece dinero por cazar a los monstruos que aterrorizan sus pueblos.

—Así que el profesor os hace chantaje —resumió Willy.

—No siempre fue así —dijo el vampiro—. Él nos dio un hogar hace mucho tiempo… ¡Pero todo ha cambiado! Cuando la feria comenzó a decaer, nos obligó a quedarnos. Si nos vamos, ofrecerá una recompensa y el Cazador acabará con nosotros. ¡Se me ponen los colmillos de punta solo de pensarlo!

Un largo silencio invadió la estancia.

—**¡Tengo una idea!** —exclamó de pronto Fito—. Ayudaré a estos monstruos a recobrar la libertad. Seguro que con esa buena acción consigo romper la maldición.

¡SERÁ EL TRUCO FINAL DEL GRAN FITO!

El hombre lobo y el vampiro se miraron extrañados. No entendían por qué los demás sonreían y asentían sin decir una sola palabra.

—**¡No perdamos más tiempo!** —apremió el mago—. Despidámonos de esta buena gente. Volveremos a verlos en otro momento. ¡Adiós! —saludó dirigiéndose al vampiro—. Espero que mejoren esas caries.

—**¡Adiós! Espero que mejoren esas caries** —repitió Vegetta.

—Yo me lavo los dientes con un estropajo.

—Yo me lavo los dientes con un es... —Vegetta se detuvo y reaccionó a tiempo—, extraordinario cepillo, ya te diré de qué marca es.

—Gracias —respondió el vampiro un poco desconcertado.

—**¡Ha sido un placer!** —dijo Willy, empujando disimuladamente a sus amigos hacia la salida de emergencia.

Cuando estuvieron suficientemente lejos de los monstruos, Willy comentó:

—¡MENUDO MOMENTO PARA HACER BROMAS!

—Perdón. No he podido resistirme —se disculpó Fito, conteniendo la risa.

—Espero que hayas pensado en una estrategia mejor que tus bromas, porque si no... —murmuró Vegetta.

Decidieron hacer un alto en el camino y comer algo mientras el ilusionista les explicaba su plan. Vegetta estaba deseoso de romper esa maldición cuanto antes para que aquel fantasma desapareciera de sus vidas.

EL JUEGO
DE CARTAS

El grupo se sentó en la terraza que había frente a un carromato en el que servían comida mexicana. Pidieron a Fito que les detallase su plan mientras tomaban unos refrescos y una generosa ración de nachos con distintas salsas.

—Es muy sencillo —explicó el fantasma—. Solo tenemos que acercarnos hasta el carromato del profesor Ernesto y...

—Le amordazamos y liberamos a los monstruos —concluyó Vakypandy, comiéndose un nacho bañado en guacamole.

—A ti sí que te voy a amordazar —gruñó Fito—. No vamos a hacer daño a nadie. Si no, la maldición no se romperá, y es de lo que se trata, ¿no?

Todos asintieron.

—Bien, prosigamos. Cuando estemos frente a Ernesto, le retaremos a jugar a las cartas. Si decide participar libremente y pierde, deberá liberar a todos los monstruos de la feria. Así de sencillo.

—Me parece una gran idea, así aprovecharíamos esa habilidad que dices tener con las cartas... —reflexionó Willy—, pero se te escapa un pequeño detalle: ¿qué pasaría si perdemos nosotros?

Mientras Fito meditaba la respuesta, Trotuman se llevó a la boca un par de nachos rebosantes de una espesa salsa de tomate.

—Podríamos ofrecerle ampliar su colección de monstruos con... **¡vuestras mascotas!**

Todos se quedaron callados. Entonces, Trotuman comenzó a ponerse rojo, de sus ojos empezaron a brotar chispas y a punto estuvo de salir humo por sus orejas.

—Tranquilízate, tranquilízate —dijo Fito al ver su reacción—. Solo era una sugerencia. Tampoco hay que tomarse las cosas tan a pecho. Yo nunca pierdo a las cartas, ¿lo sabías?

Trotuman se abalanzó sobre su refresco y se lo bebió de un trago. Después vació los vasos de los demás del mismo modo y, cuando terminó, suspiró aliviado.

—¿Estás bien? —preguntó Vegetta.

—Sí... Es que esa salsa pica como un demonio. Pensaba que era tomate, ¡pero debe de ser guindilla pura!

—**¡Jajajá!** ¡Qué gracia! —rio Fito aliviado—. **Por un momento pensé que querías abalanzarte sobre mí.**

—No, si eso viene ahora —añadió Trotuman.

—Oye, **¿y por qué no te ofreces tú?** —preguntó de pronto Vakypandy—. Seguro que un fantasma encajaría en su terrorífica colección mejor que dos mascotas fieles, dulces, buenas, cariñosas...

—Vakypandy, no te pases —susurró Trotuman—, a ver si le vas a dar razones para que nos entregue a cambio de los monstruos.

—Como bien dice vuestra simpática mascota, podríais ofrecerme a mí —comentó Fito—. Pero como no me puede ver, lo más seguro es que piense que queréis engañarle.

—Por más que me cueste reconocerlo, en eso tienes razón —apuntó Vegetta.

—Pensadlo bien —propuso el mago—. Si la jugada sale tal y como pienso, esta misma tarde todos esos monstruos podrían estar disfrutando de sus vidas y vosotros os habríais librado de mí.

—¿Cómo lo veis? —preguntó Willy, dirigiéndose a las mascotas. Al fin y al cabo, seríais vosotros quienes pondríais en riesgo vuestras vidas.

Todos tenían en mente al vampiro con caries, al hombre lobo pulgoso y a la tarántula coja, pero seguramente habría más monstruos en aquel lugar pasándolo mal.

—**Lo haremos** —dijo Trotuman.

—Siempre hemos tratado de ayudar a los demás y no vamos a cambiar precisamente hoy —aseguró Vakypandy.

—Chicos, estoy muy orgulloso de vosotros —reconoció Vegetta, al borde de las lágrimas

—En cualquier caso, podéis estar seguros de que nunca vamos a abandonaros —declaró Willy.

—Contamos con ello.

Con la decisión tomada, Trotuman y Vakypandy remataron la bandeja de nachos, evitando mojarlos en la traicionera salsa de tomate. Quién sabía cuándo podrían volver a probar un bocado tan sabroso como aquel.

La caravana del profesor Ernesto estaba en un lugar apartado de la vista del público, en la parte trasera del famoso Túnel del Terror. Curiosamente, era el carruaje más grande y mejor conservado de todos. El exterior era de un vivo color rojo, con una banda horizontal dorada que rodeaba ambos lados del vehículo. Bajo las ventanas había unos pequeños tiestos con flores bien cuidadas y un par de lamparitas de bronce colgaban en la puerta. De la chimenea salían unas volutas de humo negro, por lo que dedujeron que el profesor estaba en el interior.

—A partir de ahora, seguid mis indicaciones —dijo Fito.

Llamaron a la puerta y esperaron una respuesta. Ya no había marcha atrás.

Mientras aguardaban, el mago le pidió a Vegetta que extendiese la mano. Con un fuerte gesto de concentración hizo que, sobre ella, se materializara una baraja de cartas.

—Esta será el arma con la que derrotaremos a Ernesto —aseguró guiñándole un ojo.

—¿Desde cuándo puedes hacer eso? —preguntó Vegetta, alucinando con el truco.

Fito se encogió de hombros, pero no contestó porque el profesor lo estaba haciendo, al otro lado de la puerta.

—¿Quién es?

—Somos unos seguidores, profesor —explicó Willy, repitiendo las palabras que iba susurrándole Fito—. Queremos hacerle una propuesta que no podrá rechazar.

—Ahora mismo no estoy interesado, lo siento —contestó Ernesto.

—¡Qué lástima! —exclamó Vegetta—. Hubiese podido ampliar su colección de monstruos con dos nuevas estrellas...

Se oyó el chasquido de un cerrojo al descorrerse y la puerta se abrió unos centímetros.

—**¿Dos nuevas criaturas?** —preguntó el profesor, asomando la nariz—. Está bien, pasad. Pero no me comprometo a nada.

El grupo entró en la caravana. Era una estancia decorada con ciertos lujos; por ejemplo, una mullida alfombra se extendía bajo sus pies. Rápidamente dedujeron que Ernesto no tenía problemas económicos. Desde allí vieron varias butacas que rodeaban la estufa que había en uno de los extremos. Una puerta estrecha daba a un pequeño dormitorio con aseo incorporado. Al otro lado del vagón estaba el escritorio del profesor, quien se apresuró a retirar unas cuantas carpetas y papeles de su vista. A Willy y Vegetta les pareció que eran pasatiempos y sudokus, pero se ahorraron el comentario.

—Bien, contadme —dijo el profesor invitándoles a tomar asiento.

—**Hemos recibido quejas de algunos de los monstruos que trabajan para usted y...** —explicó Vegetta.

—¡Ajá! Así que lo de la propuesta era un truco para que os abriese la puerta.

—De ninguna manera —rechazó Willy—. Es cierto que queremos hacer un trato con usted.

Ernesto los miró con suspicacia.

—Bien, soy todo oídos.

—Queremos retarle a un pequeño juego de cartas —continuó Willy—. Es sencillo: usted elige una carta de una baraja y nosotros debemos adivinar cuál es. Si acertamos, usted liberará a los monstruos de la feria y no avisará al Cazador...

Si fallamos, TROTUMAN Y VAKYPANDY SERÁN SUYOS.

Willy señaló a las dos mascotas que aguardaban pacientemente a sus espaldas.

—No dan la impresión de dar mucho miedo —comentó Ernesto.

—Supongo que se habrá enterado de cómo Trotuman derrotó anoche a los Gemelos de Hierro —añadió Willy, orgulloso.

El profesor se acarició la barba.

—Es cierto. Tal vez podría diseñar un espectáculo para él. Pero, ¿qué me decís de... Vakypandy? ¿De qué me serviría?

—Vakypandy, creo que sería un buen momento para usar tu magia —le susurró Fito, invisible para el profesor.

Las miradas se centraron en la mascota, que no abrió la boca. Simplemente bastaron unos pocos segundos de concentración para hacer que sus ojos se iluminaran como dos potentes faros. Al instante, se derrumbó uno de los archivadores que había tras el escritorio de Ernesto. Los papeles que cayeron al suelo revolotearon formando un increíble torbellino. El profesor se llevó un buen susto.

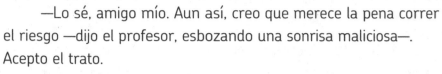

—Una criatura mágica. ¡Qué interesante!
Y decís que, si no acertáis la carta, vuestras mascotas serán mías, ¿verdad?

—Así es —confirmó Willy—. Pero si acertamos, usted...

—Lo sé, amigo mío. Aun así, creo que merece la pena correr el riesgo —dijo el profesor, esbozando una sonrisa maliciosa—. Acepto el trato.

—En ese caso, será mejor jugar cuanto antes —apuntó Vegetta.

Siguiendo las órdenes de Fito, Vegetta sacó la baraja de cartas que el fantasma le había entregado. Sintió que le temblaban las manos. Confiaba en él, pero el hecho de jugarse a Trotuman y Vakypandy le ponía de los nervios. Estaba barajando las cartas cuando Ernesto abrió un cajón del escritorio y, con un guiño, les mostró una baraja diferente.

—**¿Os importaría usar mi baraja?** —preguntó—. Creo que un reto así debe hacerse de la manera más limpia posible.

Fito se encogió de hombros. Aquello le pilló por sorpresa, pero no tenían más remedio que aceptar, si querían seguir adelante con el plan.

—Claro, no hay problema —accedió Willy.

Vegetta barajó las cartas de Ernesto y empezó el juego. Siguiendo las instrucciones de Fito, las desplegó en forma de abanico para que el profesor escogiese una.

—Asegúrese de que no podemos verla —indicó Vegetta.

El profesor sacó una carta al azar. Vegetta hizo tres montones con el resto de naipes y los colocó uno al lado del otro sobre el escritorio, tal y como le indicó el fantasma.

—Ahora firme la carta. O haga un dibujo, como prefiera —dijo Vegetta—. Así sabremos exactamente cuál escogió.

Ernesto hizo unos garabatos con un bolígrafo de punta fina, con cuidado de que no viesen su carta. Nadie se dio cuenta de que la cabeza de Fito asomó ligeramente por detrás de él y pudo ver con total claridad cuál había elegido.

—Cuando termine, colóquela sobre uno de los montoncitos —pidió Willy.

Fito se acercó a Willy y Vegetta.

—**El paso que viene a continuación es muy importante para que salga el truco** —advirtió el fantasma—. Cuando el profesor coloque la carta, vosotros juntaréis los montones, uno sobre otro. Con cuidado de que no se os note, debéis fijaros en cuál es el último naipe del montón que coloquéis sobre el del profesor. De esta manera, cuando luego vayáis sacando las cartas, sabréis que la de Ernesto será la siguiente a la que hayáis visto.

¡NO PODÉIS FALLAR!

Pero las cosas no salieron como esperaban. Tal vez el profesor conocía el truco o simplemente era demasiado listo, nunca lo sabrían. Lo que sí vieron es cómo, después de colocar la carta sobre uno de los montoncitos, él mismo los agrupó y, no contento con ello, barajó las cartas nuevamente bajo la atónita mirada de Willy y Vegetta. El fantasma observó la escena sacudiendo la cabeza, pero guardó silencio.

—Ahora, si no me equivoco, os toca averiguar qué carta he escogido, ¿verdad?

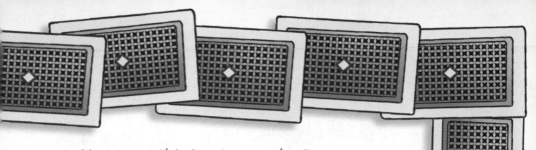

Vegetta cogió la baraja y tragó saliva. **¿Cómo se suponía que iba a averiguar la dichosa carta? ¡Era imposible! Un sudor frío le recorrió la espalda. ¿Perderían a Vakypandy y Trotuman? ¿Cómo habían podido dejarse engañar de una manera tan tonta?**

—Ehm... Sí... vamos a ver...

Las palabras se le hicieron un nudo en la garganta. Tanto Willy como Vegetta se habían quedado contemplando a sus queridas mascotas. ¿Acaso podrían perdonarles alguna vez? Estaban tan centrados en sus pensamientos que no se percataron de que una de las cartas comenzó a sobresalir del mazo. Al principio fueron solo unos milímetros, pero para cuando se dieron cuenta, la carta estaba prácticamente separada de la baraja.

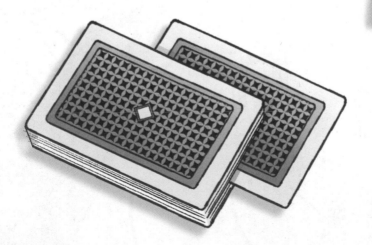

Al ver el rostro sonriente de Fito, comprendieron que había sido él quien la había seleccionado. De alguna manera, sabía cuál era.

Vegetta dio la vuelta a la carta. Allí estaba el as de pociones rojas, con una flor garabateada. **¡Habían ganado el juego!** Los monstruos quedaban libres... **¡y Vakypandy y Trotuman seguirían con ellos!**

—**¡NO ES POSIBLE!**
¡ES COSA DE BRUJERÍA!

—exclamó Ernesto—.

Seguro que ha sido Vakypandy. Su magia...

—Sabe perfectamente que ninguno de nosotros ha visto su carta —dijo Willy.

—No puede ser... —gimió el profesor—. ¿Cómo lo habéis hecho?

—**¡AH!** **Un mago no revela nunca sus trucos** —contestó sabiamente Vegetta.

—¡Bien dicho! —exclamó Fito.

Willy y Vegetta se pusieron en pie y abrazaron a sus mascotas.

—Ahora debe usted cumplir su parte del trato —le recordó Willy—. Todos los monstruos deben quedar libres.

Ernesto asintió y, triste, se llevó las manos a la cara.

—¡Ah! Y nada de avisar al Cazador.

—**EL CAZADOR NO EXISTE** —gruñó el profesor.

—**¿Cómo dice?**

—Fue una invención mía para atemorizar a los monstruos —explicó—. Eso ahora ya no importa. No sé qué va a ser de mí. Sin ellos, esta feria será un fracaso...

Willy y Vegetta sintieron lástima por él, pero un trato era un trato. Además, habían hecho lo correcto. Sin duda, esa buena acción liberaría a Fito de la maldición. Por fin podrían volver a dormir en paz.

Contentos, se acercaron al Túnel del Terror para dar la noticia a los monstruos que allí trabajaban. Estos no podían creérselo cuando les explicaron el acuerdo al que habían llegado con el profesor.

—Así que... **¡SOIS LIBRES!** —gritó Vegetta.

—**¡DISFRUTAD DE LA VIDA, AMIGOS!**

—dijo Willy.

—**¿Y el Cazador?** —preguntó el hombre lobo, preocupado—. **Si viene a por nosotros...**

Willy y Vegetta los tranquilizaron, contándoles que aquello no había sido más que una invención de Ernesto para meterles el miedo en el cuerpo y evitar que escapasen de allí.

Los monstruos saltaron y aplaudieron. Alguno incluso se acercó para dar un abrazo a sus nuevos héroes. Después corrieron por toda la feria para anunciar la noticia a los demás compañeros.

Quien no parecía tan contento era Fito, que contemplaba la escena en silencio. Se le veía preocupado.

—Deberías alegrar esa cara —exclamó Vegetta, tratando de animarle—. **¡Por fin lo has logrado!**

—No sé yo... —murmuró Fito.

—¿Te ocurre algo? —preguntó Willy.

—Tengo la impresión de que la maldición no se va a romper —confesó entonces Fito—. Siento decepcionaros. Aunque conseguimos el objetivo de liberar a los monstruos, me temo que no lo hicimos limpiamente.

—Te equivocas. No sé cómo lo hiciste, **¡pero el truco salió a la perfección!**

Fito sacudió la cabeza.

—Salió bien porque miré su carta aprovechando un momento de descuido de todos vosotros —reconoció el fantasma.

—¿EN SERIO?

—No tenía intención de hacer trampas, de verdad. Pero, previendo que las cosas tal vez podrían torcerse, como ocurrió cuando él juntó toda la baraja, comprendí que teníamos que asegurarnos de que en cualquier circunstancia seríais capaces de averiguar la que había escogido. ¡Seguro que mezcló los montones aposta, para tirar por tierra mi truco! Me temo que estoy condenado a vivir eternamente como un fantasma, junto a vosotros.

–**¡NOOO!** —gritaron todos al unísono.

—Necesito estar un rato a solas —dijo Fito y se alejó de allí flotando, con la cabeza gacha.

Los demás le vieron perderse entre la multitud que aún disfrutaba de la feria y sus atracciones.

EL CARAMELERO

Willy y Vegetta todavía no podían creérselo. Por unos instantes habían estado convencidos de que el plan había salido a la perfección. Caminaban por la feria sin ganas. A su alrededor los monstruos celebraban su liberación, pero aquello no terminaba de alegrarles. No podían dejar de pensar en Fito. No habían podido ayudarle a romper el hechizo que le convirtió en un fantasma y eso significaba que habían fracasado en su intento de deshacerse de él.

—¿Cómo se le ocurre hacer trampas en un momento como este? —protestó Trotuman—. **¡Lo ha echado todo a perder!**

—Tampoco hay que ponerse así —apuntó Willy—. Si lo piensas, su acción estaba cargada de buenas intenciones. Al hacer trampas, evitó que Ernesto se hiciese con vosotros. Ese gesto le honra.

—Además, no ha debido de ser una decisión fácil para él —asintió Vegetta—. Pensad que ahora mismo está solo. Somos los únicos que podemos ayudarle a hacer una buena acción.

—Nadie mejor que nosotros para lograr ese objetivo —aseguró Vakypandy, recuperando el ánimo.

El comentario de Vakypandy consiguió arrancarles una sonrisa. Por mucho que les costase, no tenían más remedio que ayudar a Fito.

A la salida del recinto de la feria se toparon con el profesor. Estaba sentado sobre una roca, bajo un árbol de aspecto amenazante con sus retorcidas ramas. Parecía cabizbajo y hablaba solo, los amigos se acercaron para interesarse por él.

—**Esto es mi ruina** —murmuró el profesor.

—¿Se encuentra bien? —preguntó Willy—. ¿Necesita ayuda?

—**¡Cómo voy a estar bien!** —gruñó indignado Ernesto—. Por vuestra culpa he perdido mis monstruos. Están recogiendo sus cosas para marcharse. Sin nadie que desmonte las barracas ni guíe los caballos, ¿cómo voy a llegar al siguiente destino? Sin ellos, esta feria se irá al garete.

—Supongo que tendrá que contratar nuevo personal —propuso Vegetta.

—Como si eso fuese sencillo —protestó el profesor—. No es fácil encontrar monstruos de categoría por ahí. Por si fuera poco, el mantenimiento de las ferias es muy caro y no es un negocio rentable hoy en día. **¡Será mi ruina!**

—¿Y si llega a un acuerdo con los monstruos antes de que se vayan? —sugirió Trotuman—. Tal vez logre convencerlos con una buena oferta.

—Sobre todo una en la que no les amenace con otro Cazador si deciden romper el contrato —apuntó Vakypandy, guiñándole un ojo.

El comentario de la mascota arrancó una sonrisa a Ernesto.

—Me temo que es tarde para eso —dijo el profesor—. Algunos, como el Perigrifo, se han marchado ya. ¿Cómo voy a conseguir otra criatura como él?

A Willy y Vegetta se les ocurría un millón de maneras de encontrar criaturas increíbles. Ellos se habían topado con un buen número de ellas en las incontables aventuras que habían vivido. Sin embargo, prefirieron callarse por el momento. No querían poner en un compromiso a ninguna.

—Tal vez todo sea cuestión de centrarse en los que ya están y no en los que se han marchado —insistió Vegetta—. Sería una buena forma de empezar...

Ernesto frunció el ceño, como si algo le asustase.

—Perdonadme, pero debo hacer una importante comprobación. Hablando de los monstruos que se han marchado... espero que uno en especial no se haya movido de su sitio.

—Bueno, por uno no se preocupe —intentó tranquilizarle Willy.

—**¡No tienes ni idea de lo que estoy hablando!** —exclamó el profesor, poniéndose en pie de un salto—. ¡Podríamos estar en peligro!

¡Todo Pueblo podría estar en peligro!

Salió corriendo y entró de nuevo en la feria, seguido de los amigos. Iba mirando a un lado y a otro, como si tratase desesperadamente de encontrar a alguien entre toda la gente que se movía por allí. La mayoría de los visitantes se dirigían a la salida, sin embargo, todavía quedaban los rezagados, que apuraban los últimos momentos divirtiéndose en algunas barracas. Seguramente los monstruos que estaban trabajando en ellas no habían recibido aún la noticia de su libertad.

—Pero, **¿qué mosca le ha picado a este?** —preguntó Vakypandy.

—No lo sé —dijo Willy—. Rápido, sigámosle.

El grupo fue tras los pasos de Ernesto hasta un lugar tan apartado y escondido que quedaba claro que no formaba parte del núcleo central donde se localizaban las atracciones. Allí se toparon con lo que parecía una jaula vacía. Los barrotes habían sido forzados y todo estaba bastante revuelto. Quienquiera que ocupase aquel espacio, ya no estaba.

—**¡Lo que me temía!** —exclamó el profesor—.

¡HA ESCAPADO!

—¿Se puede saber a quién está buscando? —preguntó Trotuman, que empezaba a perder la paciencia.

—¡Al Caramelero!
¡Está libre!

—No será para tanto —le tranquilizó Willy—. Si a mí me dicen que un hombre lobo, un vampiro o un monstruo andan sueltos, pues todavía podría asustarme, pero alguien que hace caramelos sería la menor de mis preocupaciones. ¿No os parece, chicos?

Todos asintieron.

—¡No lo entendéis!
Es un ser muy retorcido y peligroso.

—No he oído hablar de ese monstruo en mi vida —comentó Vegetta.

—No es un monstruo... o sí. Según se mire —explicó Ernesto. Estaba demasiado nervioso y comenzó a andar de un lado a otro—. No es un monstruo propiamente dicho, pero su presencia es monstruosa. Es un payaso maligno que suele hacer de las suyas por las noches.

—¿Qué quiere decir eso de «hacer de las suyas»?

—Siempre actúa de la misma forma. Atrae a los niños con caramelos y, cuando pican, ¡se los lleva!

Willy y Vegetta se miraron. O mucho se equivocaban, o ese Caramelero parecía la versión de feria del hombre del saco.

—Si es tan horrible, ¿cómo es que ha escapado? —preguntó entonces Willy—. ¿Quién ha podido dejarlo en libertad?

—No lo sé. Cualquiera de los otros monstruos —dijo Ernesto—. Os recuerdo que, gracias a vosotros, ahora todos son libres.

—Ya, eso nos ha quedado claro —apuntó Vegetta—. Pero, ¿por qué harían una cosa así si saben que es tan peligroso?

El profesor se encogió de hombros.

—Después de todo, es uno de ellos.

Supongo que nunca te puedes fiar de un monstruo...
—murmuró dándose la vuelta mientras hablaba—. Ya lo veis. Aunque vuestra intención fuera buena, las consecuencias de lo que habéis hecho podrían ser fatales.

POBRES NIÑOS...

El sol no había caído demasiado. Eso significaba que aún quedaban unas pocas horas de luz, por lo que no todo estaba perdido.

—Nos encargaremos de encontrarlo —aseguró Trotuman—. Si el Caramelero intenta secuestrar algún niño esta noche, ¡antes tendrá que vérselas con nosotros!

—**¡Bien dicho!** —le apoyó Vakypandy.

—En ese caso, os deseo mucha suerte —aventuró Ernesto.

Tras decir aquellas palabras, dio media vuelta y se marchó. Cuando el profesor se hallaba lo suficientemente lejos, Willy suspiró.

—¿No creéis que exagera un poco?

—¿Por qué lo dices? —preguntó Vegetta.

—Sinceramente, no creo que ese Caramelero vaya a hacer nada —dijo Willy.

—¿Cómo estás tan seguro?

—Porque si estaba encerrado, habrá huido lo más lejos posible. ¿De verdad creéis que va a ser tan tonto de quedarse aquí, en Pueblo, sabiendo que Ernesto está cerca y podría volver a atraparle?

—Desde luego, no tiene mucho sentido —reconoció Vegetta—. Además, por lo que hemos visto en esta feria, los monstruos no dan mucho miedo que digamos. Es poco probable que sea tan terrorífico como dice el profesor.

Tanto Willy como Vegetta llegaron a la conclusión de que la situación no era demasiado preocupante. Con ese convencimiento, decidieron que lo mejor sería regresar a casa. Iban a ponerse en marcha cuando intervino Vakypandy:

—Pero... **¿Y si Ernesto está en lo cierto? ¿Y si el Caramelero decide actuar?**

—Tranquila, es muy poco probable, seguro que ha huido lejos —dijo Willy.

—¿Habéis visto su jaula? —insistió Vakypandy—. Tal vez nadie lo liberó y fue él mismo quien escapó.

—Estoy con Vakypandy —comentó Trotuman—. No podemos dejar que las vidas de los niños de Pueblo corran ningún peligro.

Willy y Vegetta sonrieron. Sus mascotas no dejaban de sorprenderles.

—Bien. Con un argumento tan poderoso, no hay nada que añadir —reconoció Vegetta—. Iremos todos en su busca entonces.

—**¡No, no, no!** Esto es un caso para nosotros —zanjaron Trotuman y Vakypandy—. Esta vez, ¡seremos los protagonistas!

Willy asintió.

—Muy bien. Estoy seguro de que seréis unos estupendos detectives.

—**¡No lo dudes!**

—Tened cuidado —recomendó Vegetta—. Ya sabéis dónde encontrarnos si la investigación se complica.

—**¡Ni lo sueñes!** —replicaron las mascotas—. Si la investigación se complica, será que se ha vuelto interesante de verdad.

Willy y Vegetta no discutieron más y dejaron a Vakypandy y Trotuman buscando huellas y pistas en los alrededores de la jaula del Caramelero.

Cuando media hora más tarde llegaron a casa, encontraron a Fito bajo una de las camas. El mago salió haciendo la croqueta. Todavía se le veía triste y desanimado.

—¿Qué hacías ahí? —preguntó Vegetta.

—**¡Ser un fantasma es una lata!** —refunfuñó Fito—. Me tumbé sobre la cama pero, al no ser corpóreo, la atravesé. No me importó demasiado porque no me apetecía ver a nadie...

—Anímate, hombre —dijo Willy—. Al fin y al cabo, hemos podido liberar a esos monstruos. ¡Fue una buena acción!

—Pues muy buena no ha debido de ser... —murmuro Fito—. **¡Sigo siendo un fantasma!**

Tanto Willy como Vegetta sintieron escalofríos. **¿Y si Fito estaba en lo cierto y todo aquello había sido para mal? ¿Podían correr algún peligro Trotuman y Vakypandy?** No tardaron en rechazar aquellas ideas. El mago estaba muy deprimido, era lógico que todo lo que había hecho le pareciese un error.

—No te preocupes. Te ayudaremos a hacer otra buena acción —le animó Vegetta—. Ahora, lo mejor será que descansemos. Mañana seguiremos intentándolo, ¿vale?

Fito gruñó y volvió a rodar bajo la cama.

—Lo que tú digas.

—Qué pesado está... —susurró Willy.

—¡Te he oído!

UNA NUEVA PISTA

A la mañana siguiente, Willy y Vegetta se despertaron. La luz se colaba a través de las ventanas y el ruido de las calles de Pueblo llegaba a sus oídos como un día cualquiera. Artesanos, herreros, leñadores, comerciantes... la actividad también despertaba. Sin embargo, la casa estaba extrañamente silenciosa. Vegetta apartó las sábanas y se incorporó ligeramente.

—**¡Buenos días, Willy!** —saludó.

—¡Hola! —respondió este, estirando los brazos—. ¿Qué tal has dormido?

—**¡Estupendamente!**

La voz había sonado a sus espaldas. Se dieron la vuelta y soltaron un respingo al ver que la cara sonriente de Fito asomaba a través de la pared. Parecía recuperado de su depresión del día anterior.

—Creo que nunca me acostumbraré a esto —comentó Vegetta.

—Es una de las ventajas de no necesitar dormir —explicó Fito—. Siempre estoy dispuesto para cualquier cosa.

—**Ya veo, ya...** —murmuró Willy.

Fue entonces cuando se dio cuenta de que las camas de Trotuman y Vakypandy estaban vacías e intactas. Las mascotas no habían pasado la noche en casa.

—¿Dónde están estos dos?

—No tengo ni idea —respondió el fantasma.

—¿Los has visto salir? —preguntó Vegetta.

—Ni siquiera los he visto entrar...

—¿Quieres decir que no han vuelto a casa?

Fito sacudió la cabeza.

—Que yo sepa, no.

—Eso sí que es raro —se preocupó Vegetta—. **¿Les habrá sucedido algo, Willy?**

—Tendremos que averiguarlo.

El tono de voz de Willy mostraba cierta desconfianza. No era normal que las mascotas no hubiesen dado señales de vida en toda la noche, a no ser que les hubiese pasado algo. De modo que, después de vestirse apresuradamente, salieron a la calle en su busca acompañados por Fito.

Preguntaron a Pantricia, que iba cargando con una escultura de pan recién hecha, pero no tenía ninguna noticia, pues se había pasado toda la noche trabajando. Por suerte, unos niños sí las habían visto la noche anterior mientras iban siguiendo un misterioso rastro de caramelos. Les indicaron el lugar exacto y Willy y Vegetta se dirigieron allí. No estaba lejos de la Gran Feria de los Horrores del profesor Ernesto el Apuesto —o lo que quedaba de ella—. Rastrearon la zona detenidamente. Fue Fito quien, desde las alturas, avistó el envoltorio de un caramelo.

—Hay huellas que se pierden en dirección al bosque —indicó Willy—. Estas podrían ser de Vakypandy...

—¿Qué harían estos dos saliendo de Pueblo por la noche? —se preguntó Vegetta—. ¿Crees que el Caramelero ha podido tener algo que ver con su desaparición?

—Espero que no —contestó Willy—. De todas formas, es mejor no pensar en eso ahora. Tal vez alguien en la feria haya visto algo. Vayamos a preguntar.

Encontraron al profesor dirigiendo las labores de recogida. Tras la partida de los monstruos, varios voluntarios estaban ayudando a desmontar las barracas. Él no habría podido hacerlo solo.

—En mi época, las ferias se transportaban de un lugar a otro enganchadas a gigantescos zepelines —alardeó Fito—. No hacía falta desmontar nada. Algunas veces incluso quedábamos para jugar a las cartas en mi camerino mientras volábamos por el aire.

—Eso te lo estás inventando —dijo Vegetta.

—¡Qué va! ¡Lo recuerdo como si fuera ayer!

Willy los ignoró y se dirigió al lugar en el que estaba Ernesto. Tenía un aspecto horrible. Su incontestable belleza se había marchitado. Estaba más pálido de lo habitual y unas grandes ojeras se habían instalado en su rostro.

—Cualquiera diría que no ha pegado ojo en toda la noche —comentó Willy a modo de saludo.

—Desmontar todo esto es una dura tarea —señaló el profesor.

—¿Ha pasado toda la noche trabajando? —preguntó Vegetta, que había dado por terminada su pequeña discusión con el fantasma.

Ernesto asintió.

—Prácticamente. Gracias a los leñadores, que amablemente me ofrecieron su ayuda, tuve tiempo para descansar un rato. Mientras tanto, ellos fueron recogiendo algunas atracciones.

Los voluntarios las habían ido cargando en varios remolques, que irían unidos a los carromatos de las barracas. Los caballos que pastaban en una pradera próxima se encargarían de tirar de ellos cuando todo estuviese listo.

—En Pueblo siempre encontrará una mano amiga —aseguró Willy, orgulloso de sus paisanos.

—Hablando de anoche... —intervino Vegetta—. ¿No vería por casualidad a nuestros amigos, Vakypandy y Trotuman, por aquí?

El profesor desvió la mirada y aprovechó para indicar a dos leñadores cómo debían colocar unos maderos sobre un remolque.

—¿Te refieres a vuestras mascotas? No las he visto, no.

—Ayer no durmieron en casa, las estamos buscando —añadió Willy—. No sabemos dónde pueden estar, la única pista que tenemos es esta.

Willy sacó de su bolsillo el envoltorio del caramelo que habían encontrado.

—¡**Os lo advertí!** —exclamó, llevándose las manos a la cara—. **¡ME LO TEMÍA!**

—Ayúdenos. Necesitamos saber todo acerca de ese Caramelero —insistió Vegetta—. Cómo suele comportarse, dónde podría ocultarse...

Ernesto suspiró.

—Tal y como os dije, siempre deja un rastro de caramelos para atraer a los niños. Cuando alguno se despista y se aleja lo suficiente, el Caramelero se lo lleva a su guarida. Me temo que vuestras mascotas han sido sus primeras víctimas.

—¿Y dónde está esa guarida? —preguntó Willy, que, a pesar de su preocupación, no perdía la esperanza de encontrar a sus amigos sanos y salvos.

—Eso me gustaría saber a mí —contestó el profesor—. Llevaba tanto tiempo atrapado en la feria que ahora podría estar en cualquier sitio: en una cueva, en una casa abandonada en medio del bosque...

—Por aquí no hay muchas casas abandonadas —dijo de pronto Vegetta.

—¡Era solo una sugerencia!

—Un poco más al norte el bosque es más cerrado —apuntó Willy—. ¿Cree que podría esconderse en un lugar así?

—Es posible —aventuró Ernesto, después de pensar su respuesta.

Vegetta chasqueó los dedos.

—Puede que haya leñadores por allí. ¡Podrían estar en peligro!

—No suele atacar a adultos, pero si se cruza con ellos tal vez intente defenderse si se siente amenazado.

—Deberíamos hablar con ellos —sugirió Willy.

El profesor se frotaba nerviosamente las manos. Miraba a Willy y Vegetta, como queriendo decir algo, pero sin terminar de atreverse. Al final se decidió.

—No creo que sea necesario —comentó el profesor—. Estoy convencido de que el Caramelero no hará nada contra ellos. Si viera a los leñadores empuñando sus afiladas hachas, lo más seguro es que saliera corriendo bien lejos.

—Bueno, de todas formas podemos preguntarles si han visto algún rastro de Vakypandy y Trotuman en el bosque —insistió Willy.

—**¡NO!**
¡NO LOS HAN VISTO! —exclamó el profesor, más nervioso aún—. Quiero decir... Tengo la impresión de que no fueron por allí. Es un sitio horrible. ¿No os parece?

A mí me daría miedo...

—No quiero preocuparos, pero creo que este tipo oculta algo —murmuró Fito, aprovechando que Ernesto no podía verle ni escucharle.

Willy y Vegetta pensaban de igual manera. La forma de actuar del dueño de la feria era muy sospechosa. ¿Qué estaría tramando? Se acercaron a los dos leñadores que estaban desmontando la barraca del Perigrifo. Les explicaron que habían perdido a sus mascotas y necesitaban información.

—¿Habéis estado en el bosque en las últimas horas?

—Yo sí —dijo uno de los leñadores—. Fui al amanecer. Antes de venir a ayudar con el desmontaje de la feria, estuve cortando leña.

—¿Viste algo fuera de lo normal? ¿Algo que llamara tu atención? —preguntó Willy—. ¿Algún caramelo tirado por el suelo?

—No —respondió el leñador—. Aunque tampoco estuve demasiado tiempo, la verdad. No soporto la idea de talar árboles.

—¿Cuánto tiempo llevas trabajando como leñador? —se interesó Vegetta.

—Desde que era un niño. Mi padre era leñador, como mi abuelo y mi bisabuelo. Mi tatarabuelo, en cambio, era ecologista. He debido de salir a él.

—Es posible —comentó Vegetta.

—¿A qué hora volverán vuestros compañeros? —preguntó Willy—. Nos gustaría hablar con ellos.

—Aún tardarán —contestó el otro leñador—. Pero si es algo urgente, es mejor que vayáis a buscarlos. Como es de día, no creo que os perdáis por el bosque.

—Hablad con el jefe —añadió el leñador ecologista—. A él no se le escapa nada. Si se ha cruzado con algo raro, seguro que se habrá fijado.

—¿Y cómo sabremos quién es vuestro jefe? —preguntó Willy.

—Es bastante alto y moreno —explicó el segundo leñador—. Tiene barba cerrada y lleva un gorro de lana. Suele vestir una camisa de cuadros y pantalones tejanos gruesos.

Vegetta y Willy se fijaron en los leñadores que había por allí. Todos eran más bien altos y fuertes. ¡Todos llevaban barba! ¡Y todos llevaban camisa de cuadros y pantalones tejanos!

—Nos las apañaremos —aseguró Willy, que no quería retrasarse más.

Apenas había terminado de hablar, cuando otro leñador surgió de entre los árboles. No fue difícil adivinar a qué se dedicaba, porque vestía igual que todos los demás. Sin embargo, este sí llevaba un gorro de lana que cubría su melena morena. ¡Era el jefe! Después de saludar, les explicó que algo raro estaba pasando en el bosque.

—¿A qué te refieres? —preguntó Vegetta.

—Hay caramelos por todas partes —dijo, mostrándoles un puñado—. **Es como si alguien los estuviese plantando para ver si después crecen árboles de caramelos.**

—¿Dónde los has encontrado?

—**¡Están por todos lados!** —explicó el recién llegado—. Lo más curioso es que ayer no estaban. Solemos trabajar durante un tiempo en la misma zona hasta que acabamos de talar todos los árboles.

—**¡ASESINOS!** —gritó el leñador ecologista.

—¡Ya te he dicho más de mil veces que no voy a hablar de ese tema!

—Calma, calma —intervino Willy, tranquilizando los ánimos—. Nuestros amigos podrían estar en peligro en ese bosque. ¿Nos guiarías hasta la zona donde habéis hallado todos esos caramelos?

—Con mucho gusto —dijo el jefe de los leñadores.

—**¡Os seguimos!** —corearon los demás.

—**¡De eso nada!** —protestó Ernesto, que había permanecido callado, atento a lo que ocurría—. **¡Aún queda mucho por desmontar!**

—Es cierto… —reconoció el leñador ecologista—. Le dimos nuestra palabra.

—En ese caso, debéis cumplirla; además, así no sufrirás por los árboles —manifestó el jefe—.

Willy y Vegetta siguieron sus pasos. Caminaba con seguridad, apartando ramas y helechos a medida que avanzaba. Se notaba que conocía el terreno como la palma de su mano. Los dos amigos no paraban de pensar en Vakypandy y Trotuman. ¿Los encontrarían pronto? ¿Cómo habían llegado hasta allí? Confiaban en averiguarlo cuanto antes.

EL RASTRO
DE CARAMELOS

El bosque era uno de los muchos sitios donde se recogía la madera que se necesitaba en Pueblo. Mientras caminaban, el jefe de los leñadores iba explicando a Willy y Vegetta su manera de trabajar, que consistía en ir alternando distintos lugares. Cuando terminaban en uno, la zona debía quedar limpia para la reforestación o, como lo llamaba todo el mundo, la plantación de nuevos árboles. Eso era lo más importante, porque el ciclo de vida de los bosques debía seguir adelante.

—Llevamos algo más de dos meses trabajando en este sector, así que la conocemos al dedillo —informó el jefe de los leñadores.

—¿Dónde estaban los caramelos? —preguntó Willy.

—En los límites del bosque —contestó el hombre—. Eso significa que, más allá, entraríamos en territorio desconocido para nosotros.

—No hay problema. Si salimos, tendremos cuidado —dijo Vegetta.

Fito, que flotaba entre ellos, asintió. No parecía tener ningún problema en moverse por terrenos que nadie hubiese pisado antes.

—¿Y no había nada más en esa zona? —preguntó con curiosidad Willy.

—La verdad es que no lo sé —respondió el leñador—.
En cuanto vimos los caramelos, regresé a Pueblo para avisar.
Normalmente encontramos ruedas, basura... Hay gente que piensa
que los bosques son vertederos. Pero ¿caramelos?... Eso no se ve
a menudo. Además, estaban colocados de tal forma que parecía
como si alguien estuviese interesado en que siguiésemos su rastro.
Eso es lo que más me extrañó de todo.

—Ojalá encontremos algo más —comentó Willy.

Al cabo de un rato, llegaron al punto donde comenzaba el
rastro de caramelos. El jefe lo había marcado con un pañuelo rojo.
Willy y Vegetta vieron al resto de leñadores trabajando en los
alrededores. Parecían un equipo de fútbol, todos vestidos de igual
manera. Saludaron un momento y enseguida siguieron a lo suyo.

—Aquí encontré el primero —indicó el jefe acercándose al arbusto que tenía el pañuelo rojo—. Cada dos metros había otro caramelo. Recogí una docena antes de detenerme, porque habría tenido que salir de nuestros límites.

—Ya veo —dijo Vegetta—. Bueno, a nosotros nada nos impide adentrarnos en esa zona, ¿verdad, Willy?

—Nada de nada. Sigamos adelante —propuso Willy, indicándole a Fito que los siguiese.

El grupo inspeccionó el suelo partiendo del arbusto marcado. La tierra y las hojas estaban removidas. Intentaron localizar el rastro de Trotuman y Vakypandy, pero fue imposible. El terreno había sido pisoteado por los leñadores y habían desaparecido las huellas. Sin embargo, cada dos metros había un caramelo, tal y como había indicado el jefe de la cuadrilla. Si Trotuman y Vakypandy habían pasado por allí, lo extraño era que no se los hubiesen comido. ¿Tan en serio se tomaban su labor de detectives?

Fito sobrevolaba la zona por encima de sus cabezas. Desde su posición privilegiada intentó avistar hacia dónde conducía el rastro de caramelos, pero los árboles le tapaban la visión. Mientras, Willy y Vegetta avanzaron hacia el norte y poco a poco fueron dejando atrás al grupo de leñadores, pero sin llegar a perderlo de vista.

La tarde iba cayendo y los rayos de sol comenzaban a tener dificultad para atravesar las frondosas copas. Los amigos confiaban en que el rastro de caramelos los condujese a alguna parte.

De pronto, Fito llamó la atención de los chicos.

—Veo un camino a vuestra derecha —les dijo—. Más bien parece una senda en desuso.

—¿Ves caramelos o envoltorios? —preguntó Vegetta.

—Desde aquí no se aprecia —contestó el fantasma—. Tal vez si nos acercamos un poco...

Willy y Vegetta se desplazaron hasta el lugar que había indicado Fito. Efectivamente, era el trazado de un viejo camino. También había caramelos por allí, por lo que los amigos decidieron seguirlo. Si existía una posibilidad de encontrar a Trotuman y Vakypandy, por pequeña que fuera, debían intentarlo. No les importó perder de vista a los leñadores ni que se hiciese demasiado tarde. Siguieron avanzando hasta la linde del bosque. Al llegar a un espacio abierto, se quedaron de piedra. Frente a ellos se alzaba una pequeña colina sobre la que había una casa de dos alturas con un pequeño torreón en uno de los lados. Tenía pinta de llevar deshabitada mucho tiempo.

—**¡No me lo puedo creer!** —gritó Fito, que se había quedado aún más pálido al verla. Una bandada de pájaros salió espantada. Al parecer, ellos sí podían oír a los fantasmas—. ¡Es... la mansión!

Los amigos siguieron el sendero que subía hasta ella
serpenteando por la colina. Los cristales rotos y la hiedra cubriendo
los muros demostraban que estaba abandonada. A uno de los
lados crecía un árbol solitario cuyas ramas se extendían
hasta el tejado de la casa. Eran el principal motivo por
el que algunas de las tejas se habían caído.

—¿Conoces este sitio? —preguntó Willy.

—Es la... la... man... man... sión...

—tartamudeó Fito. El miedo invadía su mirada—.

¡EN ESTA CASA ME LANZARON LA MALDICIÓN!

—¿Estás seguro? —apremió Vegetta.

—**¡Pues claro! ¿Acaso crees que alguien olvidaría una cosa así?** Tengo grabado a fuego en mi mente lo que me sucedió aquel día.

Vegetta suspiró.

—Trotuman y Vakypandy podrían estar dentro.

—Ernesto nos contó que el Caramelero solía usar casas abandonadas como guarida —recordó Willy—. Si ese monstruo existe de verdad, nuestros amigos podrían estar en peligro.

—Si están ahí, sin duda es así —afirmó Fito—. La magia de la bruja que me maldijo podría estar presente en la casa. Quién sabe cuántas trampas y hechizos hay ocultos en ese lugar...

—Intuyo que no te refieres a conejos que salen de una chistera... —murmuró Willy.

—Pues no precisamente... Estoy hablando de techos con clavos que se desploman sobre tu cabeza, hachas voladoras, paredes falsas, pianos que caen desde el piso de arriba... —explicó Fito—. Me espero cualquier cosa de esa bruja.

¡SEGURO QUE LA CASA ESTÁ HECHIZADA!

De pronto, Willy se fijó en algo que brillaba escondido entre unos matorrales.

—**¿Qué es aquello de allí?**

Había una pequeña bolsa de papel. Willy y Vegetta ahogaron un suspiro al ver lo que contenía: **¡eran los caramelos!** Aquello significaba que, quienquiera que hubiese ido tirándolos por allí, se escondía en la mansión.

—**Tenemos que actuar cuanto antes** —dijo Willy, preocupado—.

TROTUMAN Y VAKYPANDY PODRÍAN ESTAR EN PELIGRO.

—**Entremos** —propuso Vegetta.

—Puede ser demasiado peligroso incluso para nosotros —aventuró Willy—. Sabes bien que no tengo miedo a entrar, pero, si nos pasase algo, Vakypandy y Trotuman podrían perderse para siempre.

—Quizá tengas razón —reconoció Vegetta—. ¿Y si vamos en busca de ayuda? Esos leñadores son buena gente...

—Creo que convendría hablar con Ernesto para que nos explique cómo enfrentarnos al Caramelero.

—Y será mejor que nos lo diga si no quiere vernos enfadados de verdad —remató Vegetta.

Entonces escucharon un chasquido a sus espaldas. Fito, que tenía mejor oído, pudo captar un gemido. Pidió silencio a Willy y Vegetta y les hizo una indicación con la cabeza. Había alguien tras uno de los arbustos.

Vegetta no se lo pensó dos veces y lanzó una rama seca en aquella dirección. El palo golpeó contra algo duro.

—**¡AY!**

—**¿Quién anda ahí?** —preguntó Willy.

—**¡SAL PARA QUE TE VEAMOS!**
¡O LO PRÓXIMO QUE TIRARÉ SERÁ UNA PIEDRA!
—amenazó Vegetta.

—**¡NO, NO, NO!**

Para su sorpresa, de entre los arbustos asomó la bella cabeza del profesor Ernesto. En su frente, justo donde le había dado la rama, empezaba a formarse un buen chichón.

—¿Cuánto tiempo lleva espiándonos? —preguntó Willy.

—Bueno... Os he seguido por el camino —confesó Ernesto.

—Pues habrá escuchado perfectamente que estamos en una situación delicada, ¿no? —dijo Willy.

—Necesitamos que nos ayude a capturar al Caramelero y salvar así a Trotuman y Vakypandy —demandó Vegetta.

El profesor suspiró y agachó la cabeza, resignado.

—Él no está aquí —respondió.

—**¡Se equivoca!** El rastro de sus caramelos conduce hasta este lugar. Además, esta casa abandonada sería una guarida perfecta —aseguró Willy.

—**¡NO HAY NINGÚN CARAMELERO!**

—replicó Ernesto—.

¡NO EXISTE! **¡Me inventé toda esa historia cuando liberasteis a mis monstruos!**

Vegetta cogió otro palo, dispuesto a estamparlo en la cabeza de aquel estafador de medio pelo.

—**¿Significa eso que usted ha secuestrado a Trotuman y Vakypandy?**

—No —negó sin apartar la mirada del palo—. Bueno, sí... En realidad, no. Pero sí fui yo quien dejó ese rastro de caramelos y encerró aquí dentro a vuestras mascotas.

—**¡ESTÁ LOCO!** —gritó Vegetta.

—Esto no es un juego, Ernesto —puntualizó Willy, muy serio—. Esta casa esconde un terrible secreto y, si nuestras mascotas están ahí dentro, podrían necesitar ayuda urgentemente.

El profesor se frotó las manos nervioso. No estaba cómodo.

—Lo siento —dijo sin levantar la mirada—. No tenía ni idea de que Trotuman y Vakypandy pudiesen correr peligro. Pensé... Pensé que, si creíais en la existencia de una criatura tan terrible y perversa como el Caramelero, os daríais cuenta del error que habíais cometido liberando a todos los monstruos. Yo... **¡Solo esperaba que os arrepintieseis y los convencieseis para que regresasen conmigo!**

Fito no hacía más que volar de un lado a otro, pensativo. Nadie mejor que él sabía de qué era capaz la bruja que en su día hechizó aquella casa.

—**¡Buena la ha hecho! ¡No sabe en qué lío nos ha metido!** —murmuró.

—Creedme. No tenía ninguna intención de hacerles daño, de verdad —suplicó Ernesto, como si pudiese escuchar los susurros del fantasma—. Solo pretendía daros un pequeño susto.

—Es increíble —se lamentó Willy—.

¿Es que no ha aprendido nada en todo este tiempo? ¿No ve que así no se llega a ningún lado?

—No espero vuestro perdón, pero me gustaría ayudaros —dijo el profesor—. Aunque no sé cómo...

—¡Desapareciendo de nuestra vista! —remató Fito—. Eso sí que sería de ayuda.

El silencio se vio interrumpido por el ulular de una lechuza a lo lejos. Un par de murciélagos sobrevolaron la zona mientras Willy y Vegetta pensaban en qué podía resultarles útil el profesor.

—Aun acompañándonos al interior de la mansión, seríamos pocos —comentó Willy.

—¿Y si voy en busca de unos cuantos leñadores? —propuso Ernesto—. Con la ayuda de sus hachas podríamos hacer frente a cualquier cosa.

Fito negó con la cabeza.

—Unas hachas no asustarán lo más mínimo a esa bruja. Tiene que ser algo más contundente. Algo que, dicho sea de paso, no tenga miedo de entrar ahí. Y se me está ocurriendo una idea.

¿QUÉ OS PARECE SI ÉL MISMO VA EN BUSCA DE LOS MONSTRUOS DE LA FERIA?

Sin duda ellos serán de más ayuda que este inútil —dijo el fantasma, sin ser oído por el profesor.

A Willy y Vegetta les pareció una idea estupenda. ¿Qué mejor que algunos monstruos de verdad para combatir a una malvada hechicera? Inmediatamente le propusieron la idea a Ernesto. En un primer momento, no le hizo mucha gracia. Estaba seguro de que, después de lo que les había hecho, ninguno de ellos volvería a confiar en él.

—Confiarán si les dice la verdad de una vez por todas y confiesa lo que ha hecho con Trotuman y Vakypandy —aseguró Willy.

El profesor asintió.

—**Bien, así lo haré.** Volveré a Pueblo y avisaré a los monstruos de que vuestros amigos necesitan ayuda.

—No me fío un pelo de este guaperas —masculló Fito cruzado de brazos—. Es capaz de huir como una gallina.

—**Confiamos en usted, Ernesto** —declaró Willy, contradiciendo los pensamientos del fantasma.

—Descuidad. Pediré a los leñadores que me presten uno de sus caballos. Así tardaré menos en regresar.

Sin mediar palabra, dio media vuelta y se internó en el bosque. No dejaba de ser curioso que el futuro de Trotuman y Vakypandy estuviese en sus manos. Willy y Vegetta preferían no pensarlo.

Se sentaron en unas piedras desde las que podían ver cualquier movimiento que se produjese en los alrededores de la mansión. Sin embargo, todo estaba tranquilo. Todo, menos Fito, que no hacía más que volar en círculos.

—Me estás poniendo nervioso —protestó Vegetta.

—Lo siento. Es que no paro de pensar que esta es mi gran oportunidad de hacer una buena acción. Esa mansión fue mi perdición, pero esta vez no voy a salir de ahí siendo un fantasma.

Willy y Vegetta sonrieron, también ellos deseaban que así fuera.

LA MANSION ENCANTADA

La espera se hizo eterna. Tras un par de horas Willy y Vegetta comenzaron a impacientarse. ¿Y si Fito estaba en lo cierto y Ernesto había huido? También cabía la posibilidad de que no hubiese dado con los monstruos o que no le hubiesen hecho ni caso sospechando que se trataba de una mentira de las suyas. Ya había oscurecido y los dos amigos estaban pensando qué podían hacer, cuando apareció el profesor. Le seguían el hombre lobo, el vampiro, Tarantulino, la momia y los Gemelos de Hierro.

—**¡Aquí estamos!** Siento haber tardado tanto. Me costó un poco dar con ellos —se disculpó, orgulloso de haberlo logrado—. Teníais razón, ¡no fue complicado convencerlos!

—Habéis hecho tanto por nosotros, que no podíamos negarnos —admitió el hombre lobo, rascándose la oreja.

—**¡No íbamos a abandonar al único ser capaz de derrotarme!** —señaló Perillín.

Willy y Vegetta se emocionaron al escuchar esos comentarios tan sinceros. Se quedaron sin palabras y bastó una sonrisa para mostrarles su agradecimiento.

—Da gusto ver la buena impresión que dais a los demás —susurró Fito—. ¡Si yo fuese como vosotros, habría dejado de ser fantasma hace mucho tiempo!

—Debemos darnos prisa —apremió Vegetta—.
¿Estáis preparados?

—**¡Por supuesto!** —contestó el vampiro—.
Nosotros no tenemos miedo...

¡DAMOS MIEDO!

—Fijaremos como punto de encuentro el recibidor de la casa
—explicó Vegetta—. Así, si nos separamos, nos perdemos o alguno
encuentra a Trotuman y Vakypandy, sabremos dónde reunirnos
de nuevo.

—Entendido —dijo la momia—. Venga, no nos enrollemos mucho.

—**¡Nunca me canso de ese chiste!** —exclamó el hombre lobo entre risas.

—**¿Qué chiste?** —preguntó la momia, mirándole como si fuese más raro que un perro verde.

Ernesto, que se había quedado a un lado, carraspeó.

—Ejem, yo me quedaré en la puerta, vigilando —precisó—. No quiero entrar ahí por nada del mundo.

—Como quiera —asintió Willy—. Nos vendrá bien que alguien se quede fuera.

—**¡Eso!** Así no podrá inventarse más monstruos con los que intentar asustarnos —replicó el vampiro con tono enfadado. Estaba claro que no habían olvidado y que si estaban allí era para ayudar a Willy y Vegetta.

—No nos peleemos —pidió Willy, tratando de calmar los ánimos—. Tenemos una dura búsqueda por delante. **¡Manos a la obra!** —respiró hondo y empujó con decisión el portón de entrada a la mansión. Este chirrió haciendo que un escalofrío le recorriese la espalda.

Notaron un olor a polvo y humedad flotando en el ambiente. El silencio se vio interrumpido por los crujidos de la madera bajo sus pies. Tarantulino quedó maravillado al ver el tamaño de una telaraña que había en un rincón, y se preguntó si habría alguna prima suya por allí. Fito, por su parte, decidió entrar atravesando una de las paredes. Tenía los ojos abiertos de par en par. No sabía qué secretos podía guardar aquella mansión, pero sí estaba seguro de que no serían agradables. El grupo avanzó unos metros por el amplio recibidor. Willy y Vegetta reconocieron las grandes escaleras de las que les había hablado Fito. Tenían un aspecto tan tétrico que comprendieron por qué el fantasma se resistía a entrar en aquella casa.

—Este sitio me pone los pelos de punta —confesó el hombre lobo—. Y eso que tengo una buena melena.

La momia se acercó a una columna. Tiró de la venda que cubría su pierna derecha y la ató a la base.

—He traído doble rollo en la pierna —explicó—. Así será más fácil encontrar el camino de vuelta. Creo que tendré de sobra para recorrer toda la casa.

—**¡BUENA IDEA!** —respondió Willy.

—Por si acaso, será mejor no separarse —propuso Vegetta—. Si hay trampas, las superaremos mejor estando todos juntos.

El vampiro tomó la delantera y avanzó por los pasillos de la planta baja. Los demás seguían sus pasos, lentos y en silencio, mirando dónde ponían los pies para evitar caer en una trampa. Los retratos de las paredes parecían seguirlos atentos con la mirada.

Se detuvieron a la entrada del salón principal. Había una losa suelta en el suelo que resultaba sospechosa. El vampiro hizo una seña al hombre lobo y este, obediente, se adelantó. Gracias a las almohadillas de sus pies apenas se le oía caminar. Al llegar allí, dio un pisotón y una trampilla se abrió en el techo dejando caer varias ristras de ajos; con grandes reflejos, de un manotazo las apartó del vampiro.

—Está claro para quién era esta trampa —insinuó Tarantulino.

—Siempre me he preguntado por qué los vampiros no pueden ni ver los ajos —murmuró Vegetta.

—En mi caso es alergia —explicó el vampiro—. Soy alérgico desde antes de convertirme en vampiro. Un día, cuando era niño, comí pan de ajo y se me puso la cabeza como un globo.

—Pues menos mal que el hombre lobo ha actuado rápido —dijo Vegetta—. ¿Y los demás vampiros?

—No lo sé. Supongo que el olor es tan fuerte y apestoso que huyen de él.

Entraron en el salón. Era una estancia de grandes dimensiones con tapices colgados de las paredes. Sin duda, en la época de Fito allí se celebrarían fiestas y reuniones. Las mesas y sillas que estaban en los laterales acumulaban una gruesa capa de polvo y suciedad. En el centro de la habitación destacaba una mesa circular sobre la que había una bandeja de plata cubierta con una tapa.

—¿No os parece que esa mesa está demasiado limpia? —preguntó Bigotín.

—Acerquémonos con cuidado —recomendó Willy.

Vegetta levantó la tapa con mucha precaución. Para su sorpresa, encontró un humeante chuletón rodeado de patatas guisadas. Todos apreciaron su olor y recordaron que no habían cenado. Sin embargo, antes de hincarle el diente se dieron cuenta de que aquello tenía toda la pinta de ser otra trampa. ¿Qué hacía semejante manjar en una casa abandonada? ¿Significaba que había alguien viviendo allí?

—Yo me encargo de esto —indicó el hombre lobo, antes de que alguien se le adelantase—. No hay nada como un buen olfato y unos buenos colmillos.

—Ya, ya… —objetó el vampiro—. Creo que en colmillos no me ganas, amigo mío.

El hombre lobo olfateó el chuletón, tratando de distinguir algún olor extraño o sospechoso. Al no encontrar nada, optó por probar la carne. Al fin y al cabo, se le hacía la boca agua.

—Muy buen punto… —aseguró al dar el primer bocado. Parecía un crítico gastronómico—. La materia prima es excelente… Deja un sabor marcado en paladar…

De repente, el hombre lobo torció el gesto. Había algo raro en la carne.

—¿Hay algún problema? —se interesó el vampiro.

—Este sabor... No entiendo cómo se me puede haber pasado. El aroma estaba bien camuflado, pero ahora toda la boca me sabe **a... ajo**.

—**¡AJO!** —gritó el vampiro—. **¡Alguien va a por mí, está claro!**

—¿Pero quién? —preguntó Perillín.

—**¡El que viva en esta casa!**

A pesar del ajo, el hombre lobo siguió devorando el chuletón. No pensaba dejar pasar aquella oportunidad.

—¡Deja de comer eso! —ordenó el vampiro—. ¡Nos vas a meter en un lío! ¡Especialmente a mí!

—Tranquilo, solo es un filete normal —señaló el hombre lobo, levantando lo que quedaba de chuletón de la bandeja para enseñárselo a todos.

En ese instante, se escuchó un ligero «clic» y el mecanismo escondido bajo la bandeja activó la trampa. Del techo cayó una enorme bola de acero que fue a parar sobre el pie derecho del hombre lobo. El grito que pegó debió de oírse hasta en Pueblo. Sin embargo, lo peor no fue el tremendo alarido, sino el aliento que desprendió.

Willy agarró el primer trapo que encontró a mano para taparle el hocico, pero su reacción no fue lo suficientemente rápida. El vampiro ya estaba reaccionando al olor a ajo que invadía la estancia. Tenía la cara tan hinchada que apenas podía hablar.

—*Demaffiado ajo...* —masculló, a duras penas—. *Neffeffito mi mediffina...*

El vampiro se dio la vuelta tambaleante. A tientas, buscó la venda de la momia para escapar hasta la entrada y salió corriendo de allí.

—Esperemos que llegue a tiempo de tomarse sus medicinas —dijo Vegetta.

Con una baja en el grupo y el hombre lobo amordazado y caminando a la pata coja, no tuvieron más remedio que seguir adelante. Se adentraron en un pequeño pasillo que daba a la cocina. Sartenes y cazuelas de cobre colgaban de las paredes, preparadas para usarse en cualquier momento. A un lado y a otro había armarios y muebles con cajones. Seguramente guardarían vajillas, cubiertos y demás, pero prefirieron mantenerse alejados de ellos para no activar más trampas. Lo que les importaba era encontrar a Trotuman y Vakypandy, no preparar un gran festín.

Al fondo del todo había otra puerta más pequeña que las demás. Probablemente daría a una despensa o almacén.

—Voy a echar un vistazo ahí —indicó Bigotín.

—Ten cuidado —le recomendó Tarantulino.

—¡Tranquilo, «Cuidado» es mi segundo nombre! —replicó irónico el gemelo al abrir la puerta.

Apenas había terminado de hablar cuando de una de las estanterías cayó un tarro de cristal. Con un gesto instintivo, Bigotín saltó y lo cazó al vuelo. No podía permitir que un objeto se rompiese ante sus ojos. Y menos una antigüedad como aquella. ¡A saber cuántos años tendría! Dentro había solo un grano de arroz, pero aquel bote pesaba como si fuese de plomo.

—¡AYUDADME! —exclamó el gemelo—.
¡Pesa demasiado!

Su hermano corrió a socorrerle y, entre los dos, intentaron sujetarlo. El esfuerzo era notable, tanto que comenzaron a sudarles las manos. Estaban al límite de sus fuerzas, cuando otro tarro cayó de una estantería diferente. Al verlo, Perillín se lanzó a por él. En su interior había un grano de café, pero pesaba tanto o más que el otro bote. Consiguió evitar que se rompiera, pero su mano quedó apresada contra el suelo. Otros dos botes resbalaron de las estanterías y los gemelos quedaron atrapados al intentar evitar su caída.

El hombre lobo hizo ademán de ir a ayudarlos.

—¡**Quieto!** —exclamó Bigotín—.

¡ES UNA TRAMPA!

Entonces comenzaron a caer más y más botes. Aunque tan solo contasen con algo minúsculo en su interior —un grano de mostaza, una lenteja, un garbanzo...—, pesaban un quintal. Al cabo de pocos segundos, los Gemelos de Hierro estaban sepultados bajo una montaña de tarros de cristal.

—Vamos a tardar un buen rato en salir de aquí —reconoció uno de los gemelos—. **¡Seguid adelante sin nosotros!**

—No os preocupéis —les tranquilizó Tarantulino—. Si vemos que tardáis demasiado, enviaremos ayuda.

—**¡SUERTE!** —contestaron.

Willy y Vegetta miraron a su alrededor. Al paso que se estaban produciendo las bajas, sí iban a necesitarla. Pero no había más remedio que seguir avanzando y recorrer aquella casa en busca de Trotuman y Vakypandy.

La parte posterior de la cocina conectaba con unas escaleras que subían al piso superior. Allí se encontraban los dormitorios de la vivienda.

—Si no están en la planta baja, tendrán que estar aquí —dijo Willy cuando llegaron arriba.

Un largo pasillo distribuía más de media docena de habitaciones con sus correspondientes aseos. El grupo entró en la primera habitación. A pesar de las dificultades para moverse con la pata escayolada, Tarantulino trepó por la pared para tener una visión completa de la estancia. Los techos eran muy altos y desde allí lo controlaba todo. Por su parte, el hombre lobo miró bajo la cama y la momia inspeccionó el armario. Willy y Vegetta terminaron de registrar el cuarto, pero no hallaron ninguna pista sobre el posible paradero de sus mascotas.

Tampoco encontraron nada en las dos siguientes habitaciones. Los armarios estaban vacíos y llevaban tanto tiempo sin usarse que olían a cerrado. En la cuarta habitación, algo llamó la atención de la momia.

—Chicos, en este armario hay un abrigo de visón —avisó.

—No veo a Trotuman ni a Vakypandy con eso encima —comentó Willy.

La momia sacudió el abrigo y, de pronto, notó un cosquilleo en el brazo.

—¡¡POLILLAS!! —gritó aterrorizada—. ¡Este abrigo está lleno de larvas!

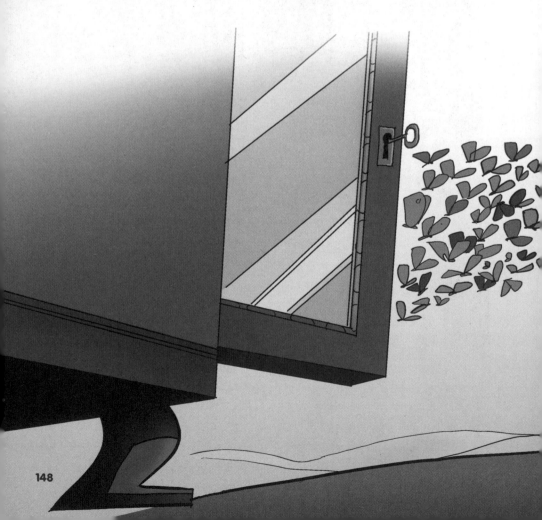

Al ver los vendajes que envolvían a la momia, un puñado de diminutos insectos se lanzaron en picado sobre ellos. En pocos segundos los estaban devorando; mientras, la momia gritaba pidiendo auxilio. **¡La estaban dejando desnuda!** Willy y Vegetta intentaron espantar las polillas, pero su hambre era insaciable. Si seguían así, no tardarían en dejarla en los huesos. Al verse privada de su envolvente vestimenta, la momia huyó despavorida de allí.

—Espero que no se coman nuestra guía para el trayecto de vuelta —apuntó Tarantulino.

—Mucho me temo que tendremos que apañárnoslas sin ella —reconoció Vegetta—. Esperemos que Fito recuerde el camino, ¿verdad, amigo?

El fantasma asintió. Él seguía pendiente de realizar la buena acción, pero veía, preocupado, que el grupo cada vez era más reducido. A pesar de todo, continuaron avanzando.

Aproximadamente en la mitad del pasillo encontraron otra puerta. Las luces de las lámparas que colgaban del techo se iluminaron al abrirla. Se encontraban en una inmensa biblioteca. Vieron dos amplios ventanales cubiertos con cortinas de suelo a techo. Pero lo que más llamó la atención del grupo fueron las gigantescas estanterías repletas de libros que llenaban la estancia. Willy y Vegetta rodearon un escritorio de caoba y echaron un vistazo. Tras una breve inspección a los lomos de aquellos volúmenes, se dieron cuenta de que la mayoría estaban escritos en idiomas que no entendían y los que sí comprendían trataban de temas de los que nunca habían oído hablar.

—Esa mujer debía de ser muy culta —supuso Willy.

—¿Cómo sabéis que era una mujer la que vivía aquí y no un hombre? —preguntó Tarantulino.

—Hemos investigado un poco —contestó Vegetta sin dar más detalles.

—Mirad, en su escritorio hay unos recortes de periódico que hablan de un famoso mago desaparecido —balbuceó el hombre lobo, siempre con la boca tapada—. Deben de ser de hace mucho tiempo porque están llenos de polvo.

Fito se acercó a la mesa y observó con cierta nostalgia los restos de periódicos antiguos. Sin duda le traían unos cuantos recuerdos.

Mientras continuaban examinando el sitio, el hombre lobo se acercó a una de las ventanas y descorrió la cortina. Unos blancos rayos de luz se reflejaron en el suelo. Willy y Vegetta giraron la cabeza extrañados y vieron cómo la luna llena brillaba en lo alto del cielo.

—¡PERO SI HOY NO ES NOCHE DE LUNA LLENA!

—exclamó el hombre lobo angustiado.

—**¿Hay algún problema?** —preguntó Willy.

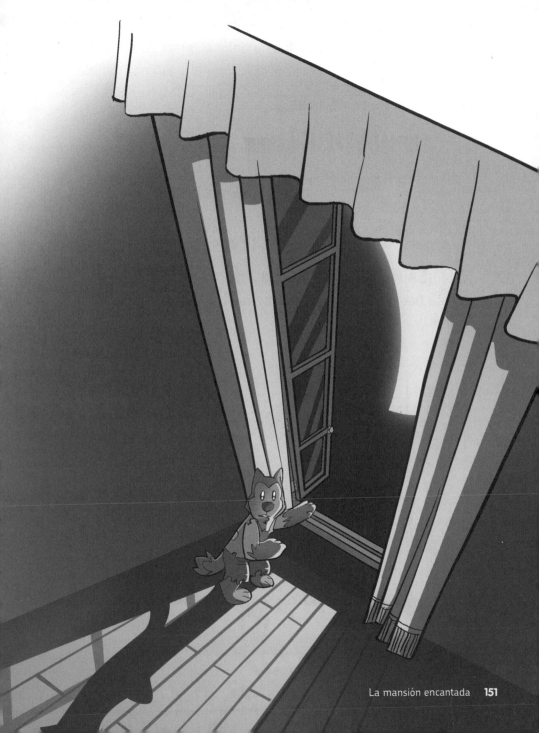

—¡**En qué mundo vives!** —gritó Tarantulino—. ¿Nunca has oído hablar del efecto que causa la luna llena en los hombres lobo?

El hombre lobo se retorció y lanzó un aullido que les puso los pelos de punta. Su cuerpo comenzó a temblar y a deformarse por varias partes. Entre aullidos de dolor y terror, la criatura fue transformándose hasta alcanzar la forma de... ¡un chihuahua!

—¡**Ala! Pero si eres...**

—¡**UN MONSTRUO!** —masculló el hombre lobo con un tono de voz muy agudo—.
¡Soy un monstruo!
¡No me miréis!

—¡Qué va! —negó Vegetta—. ¡**Pero si eres chulísimo!**

—¡**Es humillante!** —chilló el chihuahua—. No sé quién nos está haciendo esto, pero es demasiado poderoso. ¡Estamos perdidos!

El perrito salió de la biblioteca llorando y se perdió entre los pasillos de la mansión. Willy se asomó a la ventana y comprobó que apenas había una pequeña porción de luna en el cielo. Tal y como había afirmado el hombre lobo, no era noche de luna llena. ¿Quién podía ser tan poderoso como para lograr algo así?

—Hay que andar con mucho cuidado —precisó Willy—. Solo quedamos tres y será mejor que sigamos juntos.

Después de abandonar la biblioteca, Tarantulino y los chicos merodearon un buen rato por la planta superior sin encontrar nada de interés. Llegaron a la puerta que daba a lo que, supusieron, sería el dormitorio principal. A su derecha había una escalerita que conducía a un pequeño torreón.

—Hemos recorrido la mansión de punta a punta —aseguró Vegetta—. Solo nos quedan esta habitación... y esas escaleras.

En ese instante oyeron un extraño zumbido procedente de la torre. El suelo comenzó a temblar, al principio con suavidad y, después, con mayor intensidad. Tarantulino llamó la atención de los dos amigos. Una roca gigantesca había aparecido en la parte superior de las escaleras.

—Si se nos viene encima, ¡nos dejará prensados como un papel! —exclamó.

La roca comenzó a rodar hacia abajo. Sin embargo, la tarántula actuó con rapidez. A pesar de su escayola, fabricó una resistente telaraña en pocos segundos.

—Eso os dará algo de tiempo —dijo—. **¡Salid de aquí antes de que sea demasiado tarde!**

Willy y Vegetta corrieron por el pasillo. Echaron un último vistazo atrás y vieron a Tarantulino corriendo en su dirección como buenamente podía. La telaraña se estaba rompiendo y, de un momento a otro, la roca, frenada momentáneamente en su carrera, seguiría rodando.

—**¡No os preocupéis por mí!** —gritó Tarantulino—.
¡TENGO UN PLAN!
¡Vosotros seguid!

Willy y Vegetta vieron cómo la tarántula se envolvía en una gruesa capa de seda, hasta formar una pelota resistente a cualquier golpe. De hecho, cuando la roca chocó contra ella, la bola de seda con Tarantulino en su interior salió despedida por una ventana.

Los chicos consiguieron apartarse a tiempo, la roca pasó rozándolos, enfiló el pasillo y abrió un enorme boquete en la pared del fondo.

—Espero que Tarantulino esté bien —manifestó Willy.

—Ha sido muy valiente lo que ha hecho.

—Ya lo creo. En cualquier caso, nos hemos quedado solos —reconoció Willy—. **¿Dónde está Fito?**

El fantasma asomó por la puerta del dormitorio. Él no había tenido que huir de la roca porque, sencillamente, se había dejado atravesar por ella.

—Me alegra veros sanos y salvos —dijo Fito—. Por un momento pensé que ese pedrusco os convertiría en sellos.

Fito les pidió que le acompañasen al dormitorio principal.

—¿Has encontrado algo? —preguntó Willy.

—Hay algo que podría ser interesante —respondió Fito, guiándoles hacia el vestidor—. Está tras esos bultos.

Los dos amigos se apresuraron a apartar la ropa y las cajas que les iba señalando el fantasma. Unos minutos después daban con un grueso tablón de madera. Cuando lo movieron, Willy y Vegetta descubrieron el agujero que había en la pared. **¡Se trataba de un pasadizo secreto!** Y, curiosamente, había un par de envoltorios de caramelo en el suelo.

—**¡TIENEN QUE ESTAR AQUÍ!** —exclamó Willy.

Su corazón latía con fuerza.

—Sí, pero... ¿dónde? —objetó Fito.

—¿No está claro? —Willy miró a Vegetta y ambos asintieron—. Vamos a meternos ahí dentro a buscar a nuestros amigos.

¡Que se prepare quienquiera que esté intentando cazarnos!

—¿Y si hay más trampas? —insinuó el mago.

Pero los amigos no contestaron. Les daban igual las trampas. Ya habían superado unas cuantas. Ahora, lo que importaba era rescatar a Vakypandy y Trotuman. Sin pensarlo dos veces, caminaron por el estrecho pasadizo y se perdieron en la oscuridad. Fito siguió sus pasos sin rechistar.

UNA BUENA ACCIÓN

Era un túnel de piedra que descendía en espiral. Vegetta y Willy avanzaban a tientas, seguidos por Fito. Contaban con la ayuda de una pequeña linterna pero, aun así, era difícil caminar entre tanta oscuridad. Tampoco oían nada que no fuera el ruido de sus zapatos contra el suelo.

Aunque llevaban diez o quince minutos andando, no habían avanzado demasiado cuando llegaron a un agujero, profundo como un pozo, por el que descendía una escalera de mano. De pronto, Fito atravesó la pared con la cabeza. Al rato regresó y les informó de que estaban en algún lugar bajo el torreón que coronaba la mansión. Pero para ellos aquello no era más que un pasadizo oscuro.

—Iré por delante —se ofreció Fito—. Si percibo cualquier peligro, os avisaré.

El fantasma tomó la delantera y descendió con rapidez. Willy y Vegetta le siguieron, con cuidado de no dar ningún paso en falso. Tenían la sensación de haber bajado varios pisos cuando Fito les alertó con un susurro de que ya estaban llegando al fondo del pozo, que se abría en una superficie de mayor extensión. Una vez allí, vieron que una hilera de farolillos iluminaba tenuemente un nuevo pasillo que terminaba en una gruesa puerta de madera.

—Cualquiera diría que nos están esperando —murmuró Willy.

—Pues no creo que nos vayan a recibir con una fiesta sorpresa —replicó Vegetta.

—Yo tampoco —susurró Fito.

Se prepararon para cualquier cosa. Willy y Vegetta avanzaron hasta la puerta. Les extrañó que estuviera ligeramente entornada y la empujaron con timidez. Esperaban encontrar un lugar frío como una mazmorra, pero se llevaron una buena sorpresa.

Ante ellos había una habitación perfectamente amueblada. Una alfombra persa cubría el suelo de piedra y en la pared del fondo destacaba una gran librería. En ella había una docena de tomos gruesos, pero, sobre todo, había muchísimos cachivaches antiguos. Si los Gemelos de Hierro hubiesen estado allí se habrían vuelto locos de la emoción. En una de las esquinas reposaban un arcón y varios maletines de cuero con decoraciones extravagantes. Al otro lado destacaba un espejo de cuerpo entero. No tenía nada de especial, pero sintieron escalofríos nada más verlo.

Si encontrar una habitación así en un lugar tan escondido fue toda una sorpresa, mucho más aún fue hallar en ella a Vakypandy y Trotuman. Los dos estaban jugando tranquilamente, como si nada hubiese sucedido. Vakypandy se había puesto un turbante sobre la cabeza y con sus ojos iluminados parecía querer hipnotizar a alguien. Trotuman llevaba una capa colgada del cuello y agitaba una varita mágica decorada con el relieve de una serpiente. A su lado había un sombrero de copa del que salían sin parar pelotas de tenis.

—¡TROTUMAN! ¡VAKYPANDY!

—¡Qué alegría veros! —dijo Trotuman—. ¿Os apetece jugar? ¡Hay cosas increíbles!

—¡¿Cómo que si queremos jugar?! ¡LLEVAMOS TODO EL DÍA BUSCÁNDOOS! —protestó Willy..

—¡Qué exagerado eres! Si no ha pasado ni una hora desde que nos fuimos... —contestó Vakypandy.

Willy y Vegetta no daban crédito a lo que estaban escuchando.

—Lleváis casi un día fuera —precisó Vegetta—. Cuando nos hemos despertado esta mañana, nos hemos asustado al ver vuestras camas vacías. Hemos organizado un grupo de búsqueda y hemos dado con esta mansión.

—Pues sí que nos ha cundido la hora —comentó Trotuman.

—¡No ha sido una hora! —replicó Willy—. ¡Ha sido un día entero!

—No gritéis —imploró Fito, colocándose entre los amigos—. Puede que no sea culpa suya. Es posible que la bruja haya alterado su percepción del tiempo para que no intentaran escapar.

—¿De qué estás hablando? Esta casa está abandonada —aseguró Vakypandy.

—Al principio pensamos que alguien intentaba que siguiésemos aquel rastro de caramelos para tendernos una trampa —explicó Trotuman—, pero la mansión está desierta.

—Eso sí, está llena de cosas increíbles —añadió Vakypandy—.
¡Nunca había visto tantos tesoros juntos!

—No os dejéis engañar por este sitio. Debemos marcharnos cuanto antes —insistió Vegetta—. Podríamos estar en peligro.

—Aquí no hay nada peligroso —objetó Trotuman, dedicándose a hurgar en el arcón—. Estoy seguro de que encontraréis algo que os guste.

Trotuman sacó una nueva varita mágica. Era el clásico modelo de color negro, con las puntas blancas. Uno de los extremos estaba partido y en su interior se veía un manojo de pañuelos de colores, enredados y mal atados entre ellos.

—¡ESO ES MÍO! —gritó Fito, tomándola de manos de Trotuman.

La agitó para que saliesen los pañuelos y después volvió a guardarlos de manera ordenada.

—¡Qué desastre! Con el cariño que le tenía yo a mi varita... la han dejado tirada por ahí, sin cuidado alguno —se quejó el fantasma.

Fito voló hacia el arcón e introdujo medio cuerpo en él. Sacó varios objetos mágicos como bolas de cristal, barajas antiguas y distintos amuletos. Finalmente extrajo una mesita circular cubierta con un pañuelo de seda morado.

—¡Estas son mis cosas! —manifestó indignado—. **¡Mis antiguas herramientas de trabajo!**

—¿Estás seguro? —preguntó Willy.

—Completamente. Esta es la mesita sobre la que realicé algunos de mis mejores trucos. ¿Ves? En este lado tiene grabada la «F» de Fito —explicó el fantasma—. Usaba este mismo pañuelo para cubrir cartas. **¡Pero aún hay más!**

Regresó al arcón y sacó una soga cortada por la mitad. Juntó las puntas y, con gesto teatral, hizo un nudo marinero con ambas mitades. Cuando tiró de los extremos, el nudo se deshizo y la soga quedó unida, sin corte alguno.

—No tengo ni idea de cómo funciona —reconoció el mago, sorprendido de sí mismo—. ¡Pero asombra a todo el mundo!

—Pues claro que no tienes ni idea, Fito... ¡Siempre fuiste un inútil!

La voz retumbó en las paredes de la habitación. Todos se quedaron helados, mirando en una y otra dirección, pero allí no había nadie.

—¿Quién anda ahí? —preguntó Vegetta.

—¡Sal y deja que te veamos!
—gritó Willy—.
¡ENFRÉNTATE A NOSOTROS SI TE ATREVES!

—Si es lo que queréis...

Una fina bruma brotó del espejo de cuerpo entero que tanto les había inquietado poco antes. Willy y Vegetta tensaron sus músculos. ¿Acaso se trataba de otro fantasma? Observaron detenidamente cómo aquella neblina iba cobrando la forma de una mujer anciana. Llevaba un elegante vestido negro y un collar de rubíes y diamantes en el cuello.

—El Gran Fito —saludó la anciana—. Cuánto tiempo sin verte.

—¡TÚ! —exclamó el aludido, con rostro serio—. ¡TÚ ME ECHASTE AQUELLA MALDICIÓN!

—¿Pero eso no sucedió hace muchísimos años? —preguntó Vegetta—. ¿Cómo es posible?

—El tiempo... Mucho para unos, poco para otros —dijo la anciana—. En fin, permitidme que me presente. Soy doña Bárbara Barbosa, la dueña de esta casa.

La mujer rompió a reír y el sonido de sus carcajadas resonó en la habitación.

—Para seros sincera, no suelo recibir muchas visitas —musitó la anciana—. Pero la vida en esta mansión es tan solitaria y aburrida que se agradecen.

—No es nuestra intención molestarla —replicó Willy—. Nos llevaremos a nuestros amigos y no volveremos nunca más.

—Oh, me temo que eso no va a ser posible —objetó la mujer—. Ahora que conocéis mi casa y mi secreto, tendréis que quedaros una temporada. ¿Qué tal para el resto de la eternidad?

—¿De qué está hablando? —preguntó Vegetta sin comprender nada—. Vamos, chicos, salgamos de aquí antes de que...

No había terminado la frase cuando un resplandor brotó del espejo haciendo que varios objetos de la habitación volasen hasta bloquear la única salida. De nada sirvieron los esfuerzos de Trotuman y Vakypandy por apartarlos. Eran demasiado grandes y pesados.

—**¿No puedes ayudar con alguno de tus artilugios mágicos?** —sugirió Vegetta, dirigiéndose a Fito.

—Es cierto... ¡Tienes un arsenal aquí! —indicó Willy.

—¿Qué pretendéis que haga? —preguntó Fito, desconcertado—. Son para hacer trucos de magia... ¡No para cazar fantasmas!

La anciana volvió a reír ante la impotencia de los amigos.

—Pero... ¿y lo que has hecho con esa soga? —insistió Vegetta.

—Me temo que, como todo lo que hace el farsante de Fito, tiene su truco... aunque él lo desconozca —proclamó la mujer—. Vuestro amigo tiene razón. Todos estos cacharros solo servían para engañar a la gente. No hay nada que podáis hacer contra mí.

—No engañaba a nadie —protestó Fito—.
¡Lo que yo hacía era un arte!

—¿Llamas arte al hecho de saber aprovecharte de la gente? —subrayó la mujer—. Precisamente por eso recibiste tu merecido. ¡Yo libré al mundo de tus malas artes!

—¿Significa eso que puedes tomarte la justicia por tu mano? —replicó Fito.

—No trates de echar la culpa a los demás. Yo no soy una ladrona —precisó la anciana. Acto seguido se volvió hacia Willy y Vegetta—. **Porque eso es vuestro amigo, ¿lo sabíais?**
Un sencillo LADRÓN.

Willy negó con la cabeza.

—Está arrepentido y ha cumplido suficiente castigo. Es hora de que rompas esa maldición.

–¡JA! ¡INSENSATOS!

—clamó la mujer—. Una vez lanzada esa maldición, no hay conjuro capaz de romperla. Es él quien tiene la llave para hacerlo. Pero, para vuestra información, ¿acaso sabéis cuántos de los farsantes a los que hechicé en su día han conseguido librarse de ella? **¡Ni uno!**

—Siempre habrá una primera vez —sugirió Trotuman, que no había cejado en su empeño de desbloquear la salida.

—¿Veis esta colección de objetos que hay a mis espaldas? —dijo la mujer, señalando un par de estanterías—. Si alguno de esos embaucadores hubiera roto la maldición, lo habría notado. **¡Y nadie lo ha conseguido, porque ni siquiera lo han intentado! ¡Son tramposos por naturaleza y nada les hará cambiar!**

—Te equivocas —insistió Willy—. Cualquier persona puede cambiar. A veces, solo hace falta un empujoncito.

—Y te lo vamos a demostrar, ¿verdad, Fito? —aseguró Vegetta.

El mago no podía apartar los ojos de la anciana. Estaba muy preocupado. Vegetta le hizo una señal con la mirada, esperando una respuesta por parte del fantasma.

—¿Y si ella está en lo cierto? ¿Y si no es posible cambiar? —murmuró el fantasma.

—¿Qué quieres decir? —preguntó Willy, sorprendido ante la reacción de su amigo.

—El otro día hice trampas, ¿no? **¡Yo mismo impedí que la maldición se rompiese!**

—No fue culpa tuya y lo sabes —objetó Vegetta—. Estabas entre la espada y la pared.

—Pero... **¡Yo quería librarme de la maldición!** Tendría que haber elegido salvarme de cualquier manera, en vez ayudaros a vosotros... **y no pude.**

Fito estaba al borde de las lágrimas.

—Eso es lo que esta mujer quiere que pienses —señaló Vegetta—. Pero eso no significa que no puedas cambiar. Ya sé que lo de las trampas no está bien, pero lo que hiciste demostró, precisamente, que eres una persona de gran corazón. Si por mí hubiese sido, te habría liberado en aquel instante.

—¿De veras?

—**¡Seguro!** —exclamó Vakypandy—.

¡NOS SALVASTE EL PELLEJO!

—Qué inocentes... —increpó la mujer—. ¡Casi conseguís enternecerme! ¡Casi! Pero si estáis con este estafador de poca monta, significa que sois exactamente iguales que él. Por eso, merecéis el mismo castigo.

La mujer lanzó un hechizo y un fogonazo golpeó los objetos que se habían acumulado a la entrada de la habitación. Una de las cajas que había en el montón comenzó a arder. Trotuman y Vakypandy esquivaron el fuego por los pelos.

—¡¿Es que estáis sordos?! —gritó la anciana—. ¡Fito ha confesado lo poco que le importáis! ¡Aunque os hubiera perjudicado, él habría preferido librarse de mi maldición!

—¡Pero no lo hizo! —dijo Willy—. ¡Y eso es lo que importa!

—¡Pero lo prefería! —insistió la mujer.

Un rayo salió disparado hacia las mascotas, que tuvieron que tirarse tras el escritorio. El impacto hizo que la pared temblase. Cayeron algunas piedras al suelo y se abrió una gruesa grieta en el techo. No tenía buena pinta.

—¡Vas a conseguir que la casa se derrumbe!

—le echó en cara Vegetta.

—Me parece que no soy yo quien debe preocuparse por eso
—manifestó la anciana, desvaneciéndose del lugar en el que se
encontraba y apareciendo al otro lado de la habitación—. Tengo
cierta libertad de movimiento... ¡Pero vosotros quedaréis atrapados
si la mansión se viene abajo!

Un nuevo rayo golpeó otra de las paredes. Un gran trozo de techo se desplomó. Las grietas comenzaron a aparecer en todos los muros y siguieron cayendo aún más cascotes. El edificio no tardaría en desplomarse. Por si fuera poco, el fuego que había provocado el primer hechizo se había propagado a las estanterías. El humo empezaba a dificultar la respiración.

—**Tenemos que salir de aquí cuanto antes** —apremió Willy—. Tal vez podamos abrirnos paso entre los bultos que ya se han quemado. ¿Cómo lo veis?

—Id vosotros delante —dijo Fito, que tenía otro objetivo en mente—. Enseguida os alcanzo.

—¿Qué vas a hacer? Si esa bruja loca lanza otro de sus rayos, se nos caerá la casa encima —señaló Vegetta.

—¡Salid de aquí! ¡Os conseguiré algo de tiempo! —gritó el fantasma lanzándose contra la mujer.

La bruja y Fito se enzarzaron en un duelo fantasmal. Los gritos de la anciana habrían puesto los pelos de punta a cualquiera. Durante unos segundos, la estancia se vio envuelta en chispazos, humo y confusión. Sobre todo, mucha confusión.

Willy hizo una señal a los demás. Era el momento de marcharse. Los objetos que taponaban la salida habían sido consumidos en buena parte por el fuego. Ayudado por Vegetta, puso a un lado los restos humeantes mientras Fito continuaba luchando con la anciana. En cuanto hubo suficiente espacio, Trotuman y Vakypandy se escurrieron por el pequeño hueco. Willy y Vegetta siguieron sus pasos.

Cuando iniciaban el ascenso por la escalinata, oyeron una fuerte explosión a sus espaldas. El suelo tembló bajo sus pies. Sabían que tenían muy pocos segundos para salir de aquella casa. Corrieron hasta perder el aliento.

Por fin alcanzaron el vestidor del dormitorio principal. Las grietas iban devorando las paredes. Alguna incluso estaba a punto de caerse. Willy y Vegetta atravesaron la estancia, seguidos por sus mascotas. Cruzaron el pasillo sin detenerse a pensar si quedaba alguna trampa por ser activada. ¿Qué podía ser peor que estar dentro de una mansión que se venía abajo?

Estaban a punto de comenzar el descenso por las escaleras, cuando varios peldaños desaparecieron de su vista.

—**Vayamos por el agujero de la pared que hay al final del pasillo. ¡El que abrió la roca que rodó desde el torreón!** —recomendó Willy, reaccionando con rapidez.

—**¡Buena idea!** —reconoció Vegetta.

—Parece que tenéis un plan, ¿no? —dijo Trotuman—. Me encantan los planes.

—Cuando salen bien —murmuró Vakypandy.

—Este saldrá bien —aseguró Willy—. Confía en mí.

La roca había abierto un buen
boquete al final del pasillo. Al pasar
junto a la biblioteca, vieron que la
mitad del suelo había desaparecido.
El tiempo se les agotaba.

Willy se asomó al
exterior. Un nuevo temblor
sacudió los cimientos de la casa
y él estuvo a punto de perder el
equilibrio. Respiró aliviado al ver
que la tubería que descendía por
aquel lado de la fachada estaba
intacta. Sin pensarlo dos veces,
se abrazó a ella e inició el
descenso. Siguieron sus pasos
Trotuman y Vakypandy; Vegetta
cerraba el grupo.

Cuando llegaron abajo se encontraron con los monstruos que les habían acompañado en aquella aventura. Ernesto y algunos leñadores estaban por allí repartiendo bocadillos y unos vasitos de leche caliente que entraban estupendamente. Fue un alivio ver que se habían ocupado de liberar a los Gemelos de Hierro de aquella montaña de tarros de cristal. También les alegró comprobar que el vampiro había conseguido tomarse sus medicinas a tiempo. Y Tarantulino estaba feliz después de haber salido despedido por una de las ventanas de la mansión.

Todos recibieron con aplausos y vítores a los recién llegados. Pero esa alegría se vio ahogada cuando la mansión se desplomó definitivamente. Una nube de polvo, cristales y escombros llenó la explanada. **¡Se habían salvado por los pelos!**

—Lo que habéis hecho ha sido... **¡alucinante!** —manifestó el hombre lobo. Le habían prestado un cepillo de dientes, pero ni con esas desaparecía el mal aliento. Por lo menos le ayudaría a rascarse las pulgas.

—**¡Podíais haber muerto ahí dentro!** —dijo el vampiro—. Tenéis que contarnos lo que ha pasado en la mansión.

Willy y Vegetta contemplaron los escombros unos instantes. Si ellos estaban vivos, era gracias a Fito. El fantasma les había conseguido esos segundos decisivos que les habían permitido huir de allí. Sin embargo, de él no había ni rastro. ¿Habría sido derrotado por la anciana? ¿Habría caído prisionero bajo los efectos de otra maldición? Sea como fuere, su memoria no podía quedar manchada. Ellos se encargarían de transmitir a todo el mundo la leyenda del Gran Fito, el mejor ilusionista de todos los tiempos. Y empezarían por todos los presentes.

Los dos amigos reunieron al profesor, los leñadores y los monstruos para relatarles la increíble historia que comenzó el primer día que visitaron la Gran Feria de los Horrores del profesor Ernesto el Apuesto, donde Trotuman ganó aquel espejo en la barraca de los Gemelos de Hierro. Contaron cómo apareció Fito y cómo, desde aquel día, había sido un fiel amigo. Un poco rebelde y travieso en algunas ocasiones, pero leal al fin y al cabo. Todos escucharon atentamente la historia narrada por Willy y Vegetta, pendientes de cada detalle; y estuvieron de acuerdo en que la última acción de Fito había sido heroica. Su desaparición les entristeció porque, sin duda, el fantasma merecía la libertad.

El cielo comenzaba a clarear en el horizonte. ¡Habían pasado prácticamente toda la noche allí! Hacía más de dos horas que la mansión había quedado reducida a escombros y seguían sin señales de Fito.

Tristes y cabizbajos, los amigos se disponían a iniciar el camino de regreso, cuando una piedra se movió entre los restos de la casa y rodó torpemente. Un gruñido llegó de las profundidades.

—En mis tiempos no había, pero hoy en día sí que existen unas grúas estupendas para remover escombros —masculló el fantasma.

—¡FITO! —gritaron Willy y Vegetta—. ¡ESTÁS VIVO!

—Bueno, estoy aquí —contestó el fantasma—. Lo de vivo, ya es otro cantar...

Los amigos corrieron a reunirse con él. Entre tanto cascote no le había sido fácil reconocer el camino de vuelta. Pero lo importante, tal y como les contó, era que la bruja había sido derrotada por su propio conjuro. Al intentar apresarle, Fito hizo que el hechizo rebotase en el espejo y se volviese en su contra. Ese espejo permanecería enterrado bajo la mansión para siempre.

Tras una noche intensa llena de nervios y aventuras, Willy y Vegetta llegaron a casa agotados. Trotuman y Vakypandy se desplomaron sobre sus camas y se durmieron en pocos segundos. Fito se quedó en un rincón observando cómo sus amigos dormían plácidamente. Él también estaba cansado, pero no como las personas normales, pues no necesitaba dormir. Tenía el sentimiento del deber cumplido, de haber hecho lo correcto. Y rememorando su vida, se recostó en una butaca del salón.

EL FIN
DE LA MALDICIÓN

La noticia de que un fantasma —uno de los de verdad— había ayudado a salvar a Vakypandy y Trotuman corrió como la pólvora en Pueblo. Todo el mundo quería conocer a uno de los mejores magos ilusionistas del mundo: el Gran Fito.

Al final fue Ernesto quien tuvo una idea brillante. Propuso la organización de una fiesta en su honor, aprovechando el recinto de la feria. El rescate de las mascotas de Willy y Vegetta había retrasado su desmantelamiento, así que aún quedaban varias barracas en pie. Por experiencia sabía que, a la hora de montar las atracciones, la gente trabajaba con más ilusión que cuando había que desmontarlas. La razón era bien sencilla: la fiesta y la diversión estaban por llegar. Los habitantes de Pueblo y los monstruos se volcaron en la iniciativa y, en unas cuantas horas, la feria volvió a lucir como en sus mejores tiempos.

Willy y Vegetta pasaron buena parte del día en la cama. A pesar del ambiente festivo y la alegría que se palpaba en el ambiente, durmieron tan profundamente que no se enteraron de nada. De modo que se llevaron un buen susto cuando alguien aporreó la puerta de su casa.

Al principio pensaron que Fito estaba haciendo otra de las suyas, pero cuando oyeron la llamada desde la calle comprendieron que se trataba de otra persona.

Vegetta se acercó a la puerta y, con los ojos a medio abrir, preguntó:

—¿En qué puedo ayudarte?

Ernesto el Apuesto estaba sonriente y lucía sus mejores galas.

—Hemos preparado una fiesta en honor a Fito —informó, entregándole una invitación muy especial—.

¡Todo Pueblo quiere conocerle!

—**¿Una fiesta?**
¿Pero qué hora es?
¡Ni siquiera ha amanecido!

—¡Oh! ¡Me temo que te equivocas! —replicó el profesor entre risas—. Esa luz que ves en el horizonte no es la del amanecer... ¡Está atardeciendo!

Fue entonces cuando Vegetta abrió los ojos definitivamente. De inmediato cerró la puerta y puso la casa a funcionar.

—**¡Arriba todo el mundo!**
—gritó—.
¡No os lo vais a creer!

Fue cama por cama, tirando de las sábanas. A Vakypandy tuvo que darle un par de sacudidas con la almohada porque no había manera de levantarla. El caso de Fito fue distinto. El fantasma no estaba dormido, pero tampoco tenía ganas de fiesta.

—No comprendo qué tengo que hacer para romper esa dichosa maldición —confesó en tono triste.

Willy suspiró.

—No vamos a descansar hasta lograrlo, de eso puedes estar seguro. En cualquier caso, hay mucha gente deseando conocerte. Quién sabe si hacerles felices sea la buena acción...

A Fito no le convenció demasiado la idea, pero accedió y al cabo de un rato estaban todos saliendo por la puerta dispuestos a pasarlo bien.

—**¡Increíble!**
—**¡Fantástico!**

No podían creerlo cuando llegaron. El recinto de la feria había cobrado vida de nuevo. Un inmenso cartel daba las gracias a Fito, las atracciones y barracas estaban en funcionamiento y había música sonando de fondo. Pero lo que más les llamó la atención fue encontrarse a los habitantes de Pueblo esperándolos. Ray, Pantricia, Tabernardo, Herruardo y su hermano Peluardo, Lecturicia, la maestra Dora... Todos estaban allí.

Los amigos observaron a Fito. Se había emocionado y una pequeña lágrima le caía por una de sus mejillas.

—¿No crees que sería una buena idea que te mostrases a todo el mundo? —propuso Vegetta—. Recuerda que, hasta ahora, somos los únicos que podemos verte.

—Sí, creo que tienes razón.

Fito cogió aire y, cuando estuvo listo, lo hizo. Para Willy y Vegetta no hubo ningún cambio aparente. Pero los habitantes de Pueblo se quedaron boquiabiertos. De pronto, Pantricia descubrió una mano flotando en la nada. Tabernardo vio cómo un poco más abajo se formaba una pierna. Herruardo y Peluardo contemplaron los ojos y el bigote. En pocos segundos, la figura de Fito aparecía completa ante el asombro de todos los presentes. Ernesto tomó rápidamente la iniciativa y, con su habitual teatralidad, exclamó:

—Con todos ustedes... ¡EL GRAN FITO!

La gente lo recibió con un fuerte aplauso.

—Gracias —dijo Fito, haciendo una inclinación de cabeza—. Gracias.

Muchos curiosos se lanzaron a preguntarle qué se sentía siendo fantasma o cómo podía apañárselas para ducharse si el agua le atravesaba. Sin embargo, fue un niño quien primero llamó la atención del fantasma.

—¿Es verdad que eres un mago?
—preguntó con ojos chispeantes de emoción—.
¿Podrías hacer un truco?

Fito sonrió y sintió un escalofrío en su interior. Hacía mucho tiempo que no contaba con un público tan numeroso. Por un instante deseó con todas sus fuerzas volver a ser el ilusionista al que todos apreciaban. Y asintió con decisión.

—¿Alguien podría prestarme una baraja de cartas?

Un voluntario del público le acercó una.

—Este es un sencillo truco donde tu participación será fundamental —reveló al chico mientras barajaba el mazo—. Debes escoger una carta y después yo adivinaré cuál es.

Willy, Vegetta, Trotuman y Vakypandy estuvieron a punto de caerse del susto. ¿Pretendía hacer el mismo truco que había realizado ante Ernesto? ¿Estaría dispuesto a hacer trampas de nuevo? ¿Es que no había aprendido nada?

El fantasma mostró el abanico de cartas al chico y le pidió que cogiese una. El niño obedeció y miró con atención la que había elegido.

Fito nunca llegó a tener la oportunidad de hacer trampas ni de adivinar la carta. Estaba esperando que el niño la devolviese al montón, cuando alguien gritó:

—¡Mirad! ¡Algo está pasando!

Al principio fue un pequeño resplandor. Cubría la totalidad del cuerpo del fantasma, como una bombilla que intenta encenderse parpadeando tímidamente. Al cabo de un rato Fito estaba brillando con tanta intensidad como una pequeña estrella. Para su sorpresa, el fantasma se separó unos centímetros del suelo y comenzó a ganar altura.

—¿Te encuentras bien? —preguntó Vegetta.

—¿Necesitas ayuda? —dijo Willy.

—Creo que sé qué le está pasando —murmuró entonces Trotuman—. La maldición se ha roto.

Aquello tenía todo el sentido del mundo. Fito no decía nada, pero se le veía feliz. El brillo era más y más intenso, y cada vez estaba más lejos. El fantasma subió y subió hasta que todos los habitantes de Pueblo lo perdieron de vista, convertido en una de las estrellas del cielo.

Vegetta no pudo evitar sentirse triste.

—Voy a echar de menos esos soplidos en los oídos por las noches.

—Y las cosquillas que nos hacía en la planta de los pies mientras dormíamos —añadió Willy.

—¿Cómo? —preguntó Vakypandy—. ¿Que nos hacía eso por la noche?

—¡No sé de qué te quejas! —replicó Vegetta—. ¡Tú nunca te enteras de nada cuando duermes!

Y todos estallaron en carcajadas.

La fiesta en honor a Fito se había quedado sin su protagonista. Aun así, nadie permaneció indiferente. Ahora todos podrían decir que habían visto un fantasma.

—Creo que todo el mundo esperaba pasar un poco más de tiempo con Fito —reconoció Ernesto—. Pero, ya que estáis aquí, **¿qué os parece si disfrutáis de las atracciones y los retos de las barracas?** He llegado a un acuerdo con los monstruos y han decidido quedarse.

La Gran Feria de los Horrores está viva de nuevo.

—¿En serio? —dijo Vegetta—. ¡Cuánto me alegra oír eso!

El profesor asintió, orgulloso.

—**Ahora todos somos socios.**

No muy lejos de allí vieron que el vampiro, el hombre lobo y la momia charlaban alegremente. Esta última tenía unos nuevos y relucientes vendajes que cubrían su cuerpo. El hombre lobo se había aseado y peinado. Parecía que sus apuros con las pulgas habían desaparecido definitivamente. El vampiro les sonrió y mostró un colmillo de oro. Él también había arreglado sus problemas con las caries. Willy y Vegetta se alegraron de que fuesen felices. Si estaban contentos, harían bien su trabajo de asustar a todo el mundo. Al fin y al cabo, no dejaban de ser monstruos.

La gente no perdió el tiempo y se lanzó a las colas de las barracas mientras todos comentaban la espectacular despedida del fantasma. Alguno todavía intentaba buscarlo entre las estrellas de la noche.

Willy y Vegetta miraron a lo más alto y sonrieron. Ellos sabían que el mejor lugar para encontrar a Fito era en su interior. A pesar del poco tiempo que habían pasado con él, había dejado una huella imborrable en sus corazones. Ojalá se topasen con más héroes como él en sus próximas aventuras, personas normales y corrientes dispuestas a hacer una buena acción... aunque hubiera alguna trampa de por medio.